Königssee
und andere dunkle Kurzgeschichten

Über die Autorin:

Anke Höhl-Kayser, geboren 1962 in Wuppertal, schreibt seit 2009 in vielen Genres, mit Vorliebe aber Fantasy für Jugendliche und Erwachsene. Hauptberuflich ist sie als Lektorin tätig.

Der vorliegende Band mit sieben Dark-Fantasy-Kurzgeschichten ist ihre dreizehnte eigenständige Veröffentlichung.

Anke Höhl-Kayser

Königssee

und andere dunkle Kurzgeschichten

Bibliografische Information der Deutschen Nationalbibliothek:
Die Deutsche Nationalbibliothek verzeichnet diese Publikation in
der Deutschen Nationalbibliografie;
detaillierte bibliografische Daten sind im Internet über www.dnb.de
abrufbar.

Copyright © 2019 Anke Höhl-Kayser
Umschlaggestaltung: Tom Jay www.tomjay.de
Bildquelle: Pixabay www.pixabay.com
Herstellung und Verlag: BoD – Books on Demand, Norderstedt
ISBN: 9783749435142

Inhaltsverzeichnis

Ein paar Sätze zu Beginn

Wenn Sie das lesen, haben Sie die Grenze zwischen Realität und Unbekanntem bereits überschritten und sind gewillt, sich mit mir in mysteriöse Welten zu begeben. Nehmen Sie eine starke Taschenlampe mit und bleiben Sie auf dem Weg, denn man weiß nie, was einen in der Dunkelheit erwartet.

Alle in diesem Buch gesammelten Geschichten stammen aus Kurzgeschichtenwettbewerben der Jahre 2014 bis 2018 und platzierten sich dort unter den besten Einsendungen.

Vier der Kurzgeschichten waren Beiträge zum Marburg Award (mehr Informationen über diesen Award auf der Facebook-Seite des Marburg-Con: www.facebook.com/marburgcon) und sind in den Award-Anthologien veröffentlicht.

Die Kurzgeschichte »Königssee« erschien in der sechsten Geisterspiegel-Anthologie »Dark Place« (mehr über das Phantastische Online-Magazin hier: www.geisterspiegel.de).

Die Kurzgeschichten »Die Feuerkönigin« und »Apophis« wurden in den XUN-Magazinen »Drachen, Schwerter, Elfenglanz« bzw. »Götterdämmerung« veröffentlicht. Mehr über die Freie Redaktion XUN hier: www.fantastischegeschichten.de

Königssee

Berge in Grau und Weiß. Das satte Grün der Bäume, das Türkis der Seen. Wiesen mit Farbtupfen übersät wie eine Malerpalette. Das Berchtesgadener Land ist immer eine Reise wert!‹

Der Werbetext des Tourismusverbandes zog Lena an wie ein Magnet. Sie scrollte zu den Fotos. Dort war das grüne Wimbachtal mit den zerklüfteten Graten des Watzmann und des Hochkalter. Über die Wiesen ergoss sich die verschwenderische Sommerfülle bunter Blumen. Für einen Moment hatte Lena das Gefühl, den warmen Duft der Erde riechen zu können. Kindheitserinnerungen ließen Empfindungen in ihrem Kopf explodieren: die Fülle einer Landschaft, die ihr jetzt um so vieles schöner erschien, weil sie nicht mehr alltäglich war. Sie klickte sich durch die Bilder, hielt inne bei einer Luftaufnahme des Königssees. Dieser seltsame See, so tief und still, hineingepresst in steile Berghänge, faszinierte sie. Sein eigentümliches Türkisgrün zwischen dem Grau der schroffen Felswände erinnerte sie an einen Edelstein. Kristallklar an manchen Stellen, unergründlich an anderen. Sehnsucht durchschnitt sie wie mit einem Messer.

Ihre Chefin hatte ihr gestern gesagt, dass sie die Agentur schließen würde. Lena hatte die ganze Zeit über gemerkt, dass etwas nicht stimmte, aber sie hatte es nicht wahrhaben wollen. Und nun war sie ohne Job.

Wie seltsam, dass sie gerade jetzt diese Bilder entdeckt hatte. Ihre Heimat. Dort, wohin man ging, wenn man keine andere Zuflucht mehr hatte.

○

Hanny fiel ihr ein. Sie hatte über ein Jahr lang nichts mehr von ihrer Cousine gehört. Die Erinnerung an die gemeinsame Kindheit war so überwältigend, dass sie nach dem Telefon griff. Sie musste die Nummer nicht nachschlagen.

»Halmer.«

Die Stimme klang eindimensional. Lena fragte nach: »Hallo, Hanny, bist du das?«

Die Antwort kam immer noch tonlos: »Ja. Hallo, Leni.«

Ich hätte vielleicht doch besser erst mal eine E-Mail geschrieben, dachte Lena peinlich berührt.

»Alles klar bei dir, Hanny?«

Emotionslos.

»Ja.«

Lena trat die Flucht nach vorn an. »Hanny, ich bin seit gestern arbeitslos. Das platte Land hier geht mir auf den Geist. Ich möchte für eine Weile nach Hause. Ich würde dich gern besuchen kommen.«

Die Pause am anderen Ende der Leitung dauerte zu lange. Hatte Hanny aufgelegt? Was, um alles in der Welt, war mit ihrer Cousine los? Als Kinder waren sie beste Freundinnen gewesen, Lena hatte mehr Zeit bei ihrer Tante Mirl und Hanny verbracht als zuhause.

»Das ist gerade nicht der günstigste Zeitpunkt.«

Lenas Kinnlade klappte herunter. Das gab es doch nicht, dass Hanny *Nein* sagte!

»Was ist denn bei euch los, Hanny? Stimmt was nicht mit dir? Hast du Probleme mit Bastl?«

Wieder eine endlose Pause. Lena konnte Hanny atmen hören. Es klang fast, als würde sie weinen.

»Bastl ist weg. Ich bin wieder bei Mama eingezogen.«

»Oh verdammt, Hanny, es tut mir leid. Ich war so gedankenlos! Bitte, gib mir eine Chance. Ich komme vorbei und wir sprechen darüber. Okay?«

»Es geht nicht, Leni, hörst du. Servus.«

Das Klicken war unmissverständlich. Lena starrte den Hörer in ihrer Hand an.

Hanny und Bastl hatten sich getrennt. Hanny war wieder bei Lenas Tante Mirl eingezogen. Das bedeutete, dass es ihr richtig schlecht ging. Das verstand Lena nicht, denn Hanny war gar nicht so wild auf Bastl gewesen. Der Typ sah zwar toll aus, aber er war ein Idiot.

Es musste mehr dahinterstecken. Lena hatte ein schlechtes Gewissen. Sie hatte nur an sich und ihre Karriere als Lektorin bei der aufstrebenden neuen Literaturagentur in Hamburg gedacht.

Auf einmal war ihr ganz klar, was sie tun musste. Wenn Hanny sie nicht im Haus wohnen haben wollte, dann würde sie halt irgendwo etwas buchen. Aber sie musste heimfahren und Hanny helfen, so gut sie konnte. Wenn sie erst mal da war, würde Hanny sie nicht wegschicken.

Eine halbe Stunde später hatte sie ein Zimmer in einer Pension in Berchtesgaden gemietet. Von dort bis zu Tante Mirls Haus in Unterschönau am Königssee waren es mit dem Auto nur zehn Minuten. Der Dialekt der Pensionswirtin und die warmherzige Freundlichkeit hatten Lena die Tränen in die Augen getrieben. Ja, sie musste nach Hause. Sie begann, zu packen.

o

Fast tausend Kilometer Fahrt lagen vor ihr. Als sie vor zwei Jahren von Schönau ins Norddeutsche aufgebrochen war, war sie überzeugt gewesen, sich dort ein grandioses Leben aufbauen zu können. Sie hatte ein Angebot einer erfolgreichen Jung-Autorin bekommen, die in Hamburg eine Literaturagentur eröffnen wollte und dazu junge, teamfähige

Lektorinnen suchte. Lena war Feuer und Flamme. Sie war sicher, dass sie es schaffen würde.

Im Rückblick auf die vergangenen zwei Jahre zog Lena eine ernüchternde Bilanz. Es war gut, dem Ganzen den Rücken zu kehren. Sie fuhr auf die A 7, der übliche Stau durch den Elbtunnel brauchte ihre letzte Geduld auf. Als sich endlich hinter der Röhre der kuppelförmige Himmel über dem Hamburger Hafen vor ihr auftat, gab sie Gas. Sie hatte nur einen Wunsch: zurück in die Geborgenheit, die Enge der Bergtäler.

Ihr Golf war kein Tempowunder, aber ein Ausdauersportler. Brav fraß er Kilometer für Kilometer. In der Gegend um Nürnberg begann sie, sich heimisch zu fühlen.

Auf der A 8 bei München wurde es voll. Es war früher Nachmittag. Sie hielt an einer Raststätte, tankte, trank einen Cappuccino. Graublaue Gewitterwolken ballten sich zusammen und kamen drohend näher wie eine schlechte Nachricht. Sie stieg wieder in den Wagen und fuhr weiter, doch die Unwetterfront verfolgte sie, fraß die Sonne. Das schwarzsilbrige Zwielicht war apokalyptisch. Plötzlich stürzte der Regen wie eine Wand, sie konnte keine zehn Meter weit sehen. Die golfballdicken Tropfen klatschten auf die Fahrbahn und spritzten einen halben Meter wieder hoch. Lena konnte sich nicht erinnern, jemals so einen Wolkenbruch erlebt zu haben. Sie fuhr auf den nächsten Rastplatz, wie viele andere Autofahrer auch, und wartete. Irgendwann zerschnitten weiße Sonnenfinger die Wolkenmasse, zerfaserten die Dämmerung, gossen verweintes Licht über die Landschaft, hoben die Konturen der fernen Berge präzise hervor. Lena fädelte sich aufatmend wieder auf die Autobahn ein.

Da war der Chiemsee im Abendlicht! Sonnenreflexionen funkelten wie Diamanten über der weiten Wasserfläche. Vertraut, berührend. Wie hatte sie diese Schönheit so lange entbehren können? Noch fünfzig Minuten, sagte das Navi. Sie war aufgeregt.

Frau Stoeckl, die Pensionswirtin, begrüßte sie mit der Herzlichkeit der Berchtesgadener. Als sie erfuhr, dass Lena eine Einheimische war, lachte sie. »Na, das hätte ich nicht gedacht. Sie sprechen so Norddeutsch. Das gibt sich aber bald wieder, denk ich.«

Sie bot Lena an, mit ihr eine Tasse Kaffee zu trinken, doch Lena wollte zu Hanny. Sie ging auf ihr Zimmer und packte ihren Koffer aus. Das Mobiliar war schlicht, aber penibel sauber. Über der Tür hing ein Kruzifix.

Vor dem Haus floss die opalblaue Berchtesgadener Ache, ein ferner Gruß vom Königssee, denn sie wurde durch die Königsseer Ache gespeist. Sie führte nach dem Wolkenbruch viel Wasser und schäumte wie ein Wildbach. In der Ferne sah Lena die beinahe schneefreie Spitze des Watzmann.

Weiße Adern durchzogen das Gestein, erinnerten sie an Wachstränen auf einer Tropfkerze.

Lena hob den leeren Koffer auf den Schrank und lief nach unten.

Sie rief Frau Stoeckl einen Abschiedsgruß zu. Sie war müde und ihr Rücken schmerzte, aber die Freude auf das Wiedersehen trieb sie vorwärts. Es dämmerte bereits. Sie startete den Motor und schaltete die Scheinwerfer an.

Die Straße führte durch dichte Tannenwälder, die Sicht war nicht mehr die beste. Wenn sie nach vorn schaute, schien das graue Asphaltband immer schmaler und schließlich von den Bäumen vereinnahmt zu werden. Zwei Parallelen, die sich nicht erst in der Unendlichkeit, sondern vor ihr kreuzten. Lena rieb sich die Augen. Die Lider kratzten wie Sandpapier. Sie vermisste die üppige Hamburger Straßenbeleuchtung. Es wäre klüger gewesen, bei Frau Stoeckl eine Tasse Kaffee zu trinken.

Als links neben der Straße die Königsseer Ache im Scheinwerferlicht glitzerte, wurde Lena wieder etwas munterer. Erneut ein Gruß von *ihrem* See!

Lena bog in die Holzgruberstraße ein. Das typisch bayrische Haus ihrer Tante mit dem dunkelbraunen Dach, der weißgetünchten Fassade, der Holzverkleidung und der großen Veranda schien auf den ersten Blick unverändert. Aber dann sah Lena, dass die Blumenkästen nicht bepflanzt waren.

Verrottende Blumenstängel reckten sich wie Skelett-
hände anklagend ins Zwielicht. Die Fensterscheiben
waren schmutzig, die Gardinen dahinter gelb. Lena
spürte auf einmal ein Kribbeln in der Magengrube,
eine innere Stimme mahnte, sie solle den Wagen
wenden und nach Hause fahren.

Sie ignorierte sie, schaltete den Motor ab und
stieg aus.

Auf der untersten Stufe der Steintreppe, die zur
Haustür führte, saß eine grau getigerte Katze. Ein
Auge war milchig blind, das andere leuchtete im
Licht der Scheinwerfer blutrot auf. Sie wandte Lena
den Kopf zu, als die Fahrertür ins Schloss fiel. Aus
dem linken Kiefer wucherte ein gigantischer Tumor.
Lena schauderte, als die Katze langsam auf sie zu-
kam und begann, sich an ihren Beinen zu reiben. Sie
schob sie zur Seite, ging die Treppe hinauf und
klopfte. Nichts geschah. Kein Licht hinter den Fenstern – war niemand zuhause?

»Wer ist da?«

Hannys Stimme.

»Mensch, Hanny, mach auf, ich bin's!«

Stille. Dann öffnete sich die Tür einen Spalt. Ein
ausgemergeltes Gesicht unter einem Schwall unge-
kämmter, fettiger Haare sah Lena entgegen.

Lena holte tief Luft. Aus dem Haus wehte sie Gestank nach verdorbenen Lebensmitteln an.

»Um Himmels willen, Hanny, lass mich rein und erzähl mir, was los ist!«

Ihre Cousine zögerte. Dann öffnete sie die Tür. Die Katze sprang mit einem kehligen Maunzen ins Innere des Hauses.

Lena sah ihr nach.

»Hat das arme Tier Krebs? Kann man es nicht operieren?«

Hanny antwortete nicht. Lena trat an ihr vorbei in die Diele. Hanny ging hinter ihr her Richtung Wohnzimmer. Lena starrte in die Finsternis. Nirgendwo brannte eine Lampe. Von draußen fiel nur noch ein schwacher Lichtschimmer durch die verschmutzten Fenster. Trotzdem erkannte sie, dass es im Zimmer völlig verwahrlost aussah. Alle freien Flächen waren mit schmutzigem Geschirr und Abfall belegt. Überall leere Bierflaschen. Was war hier los? Hanny hatte niemals getrunken.

Lena überlegte, sich einen der Stühle freizuräumen, aber der Gestank widerte sie an. Sie blieb stehen.

»Hanny, all das wegen Bastl?«

Wieder Stille. Zum ersten Mal hatte Lena das Gefühl, dass ihre Cousine sie wirklich wahrnahm. Die rauchgrauen Augen, die früher den Buben im Dorf reihenweise den Kopf verdreht hatten, musterten sie, und ein Blitzen wurde darin sichtbar.

»Wegen Bastl?«

Lena begriff erst nach einer Weile, dass das krächzende Geräusch, das Hanny ausstieß, ein Lachen war. Sie konnte das Schaudern nicht mehr unterdrücken.

Hanny lachte und lachte, bis das Krächzen in einen Hustenanfall überging.

»Wegen Bastl!«, keuchte sie. »Du bist göttlich, Leni. Wegen Bastl!«

Lena wollte sie an den Armen nehmen und schütteln, aber sie ekelte sich vor Hanny. Sie mochte sie nicht berühren.

»Dann sag mir doch bitte, was los ist«, flüsterte sie.

»Ich glaub nicht«, antwortete Hanny, noch immer kichernd. Sie wandte sich zur Treppe ins Obergeschoss. »Mutter. Wir haben Besuch!«

Lena bekam Gänsehaut. Sie verstand sich selbst nicht, warum sie hergekommen war. Hanny hatte ihr doch gesagt, sie sei nicht erwünscht! Aber wie hätte sie das hier ahnen können!

Eine Tür quietschte. Als schleppende Schritte auf der Treppe laut wurden, siegte Lenas Fluchtinstinkt über ihre Loyalität.

»Ich komm morgen wieder«, stammelte sie und wandte sich zur Tür. Etwas geriet ihr zwischen die Füße, sie hörte einen maunzenden Schrei – die Katze. Sie schlug längelang hin und prallte mit dem Kopf gegen den Türrahmen. Das Sirren der

Ohnmacht war schon in ihren Ohren, als grobe Hände sie auf den Rücken drehten. Sie starrte in ein gelbweißes Mondgesicht und hörte eine dumpfe Frauenstimme mit schleppender Artikulation singen: »Schlafe, mein Prinzchen, schlaf ein, es ruhn Schäfchen und Vögelein …«

Dann fing die Dunkelheit sie ein.

o

Sie erwachte mit pulsierenden Kopfschmerzen, die ihre Schläfen zu sprengen drohten. Sie wusste nicht, wo sie war, bis sie den Modergeruch des Bettzeugs wahrnahm. Mit einem erstickten Schrei richtete sie sich auf, Schmerz explodierte hinter ihren Augen. Es war stockdunkel. Als sie Leder roch und an ihrer Wange etwas Festes fühlte, hätte sie vor Erleichterung fast geweint. Ihr Cityrucksack. Sie zog ihn an sich heran, kramte darin und spürte das kalte Metallgehäuse ihrer Taschenlampe an den Fingern.

Der blauweiße Lichtstrahl flammte auf, und sofort wusste sie, wo sie war.

Das frühere Elternschlafzimmer. Man hatte sie angezogen auf das Bett gelegt. Die Vorhänge waren geschlossen.

Lena griff nach dem Schalter der Nachttischlampe und drückte. Eine Staubfontäne wirbelte auf, sonst geschah nichts. Kein Strom. Der Lichtkegel der kleinen Taschenlampe wurde schwächer. Sie hätte längst die Batterie erneuern müssen.

Lena betastete die Beule an ihrer Stirn, dann stand sie auf. Die hämmernden Kopfschmerzen verursachten ihr Übelkeit, sie kämpfte gegen den Brechreiz. Sie taumelte zum Fenster und öffnete die Vorhänge. Draußen war schwarze Nacht, über den Himmel flogen Wolkenberge, durch die der Mond spähte. Der Wind rappelte an den Fensterläden.

Lena durchwühlte ihren Rucksack, fand eine Kopfschmerztablette und würgte sie trocken herunter. Sie musste hier raus. Hoffentlich hielt die Taschenlampe durch, bis sie die Treppe hinter sich hatte. Sie öffnete ganz langsam die Zimmertür. Das Quietschen gellte wie eine Alarmsirene. Sie schluchzte auf und betete, dass die beiden sie nicht hörten. Im Haus schien sich nichts zu regen. Sie trat in die Diele. Die Tür zu Hannys ehemaligem Zimmer stand einen Spalt offen. Lena wartete wieder. Nichts geschah. Der Schlag ihres Herzens drohte, ihren Brustkorb zu sprengen.

Die Dielenbretter ächzten unter Lenas Füßen. Sie erreichte die Treppe, umfasste das Geländer. Die Taschenlampe flackerte. *Nein! Bitte jetzt nicht ausgehen, nur noch ein Stück!*

Als der Schrei erklang, knickten Lenas Beine unter ihr weg. Sie konnte sich nicht halten, rutschte ein Stück die Treppe hinunter. Es war ein an- und abschwellendes Heulen wie von einem gequälten Tier. Unten im Wohnzimmer flimmerte ein grünlicher Lichtschein. Etwas bewegte sich. Erneut Schreie. Nicht menschlich. Und doch verstand sie Wörter: »Nein! Nein! Nicht! Bitte nicht!«

Lena presste beide Hände vor den Mund. Der Lichtschein breitete sich aus. Ein kreideweißes Gesicht, flehend erhobene Arme, etwas Schwarzes wehte darüber.

»Hier! Nimm sie! Lass mich! Bitte! Bitte!«

Lena war paralysiert vor Furcht.

Nach und nach ebbten die grässlichen Töne ab. Auf einmal war das Licht verschwunden. Von unten drangen schluchzende Laute an Lenas Ohren. Ein unkontrollierbares Zittern ergriff von ihrem Körper Besitz. Sie stand auf, so leise sie konnte, und taumelte zurück in das große Zimmer. Sie stolperte und fiel auf das Bett, lauschte und lauschte, bis es draußen vollkommen still war.

o

Als endlich die Schwärze gewichen war und der Himmel im Osten die Berge in zartrosa Licht hüllte, lag Lena auf dem Rücken, das Shirt schweißnass. Sie starrte seit Stunden an die Decke, nun wagte sie erstmals, den Kopf zur Tür zu drehen. Sie hatte sie in der Nacht nicht verschlossen, aus Angst, jemanden auf sich aufmerksam zu machen.

Unten war es totenstill. Lena nahm ihren Rucksack und schlich sich nach draußen zur Treppe. Das Dämmerlicht des neuen Tages fiel durch die beiden großen Wohnzimmerfenster. Sie sah keine Bewegung.

Die Treppenstufen knirschten und quietschten, aber Lena war es egal. Nur noch raus hier.

Sie hatte das Wohnzimmer halb durchquert, als sie eine Stimme hörte.

»Ja, ich hab mir schon gedacht, dass du gehst.«

Lena fuhr herum. Hanny lag auf der Couch wie zusammengebrochen, ein Bein war heruntergerutscht, das andere hing über der Lehne. Die grauen Augen leuchteten unheimlich in dem kreidebleichen Gesicht.

»Du hast es doch gehört letzte Nacht, oder? Und jetzt willst du weg. Das kann ich verstehen. Wenn ich könnte, würde ich auch weglaufen, so schnell mich meine Beine tragen. Aber ich kann nicht.«

Lena unterdrückte den Impuls, einfach zur Tür zu rennen.

Sie kippte einen der Stühle nach vorn, sodass sich der darauf liegende Dreck auf den Boden ergoss, und setzte sich so weit von Hanny entfernt, wie sie konnte.

»Klartext«, sagte sie. »Ich habe die Höllennacht meines Lebens in diesem Haus verbracht. Entweder redest du jetzt, oder ich gehe.«

Ein Funke blitzte in Hannys Augen auf. »Okay«, antwortete sie. Sie atmete tief durch und setzte sich aufrecht hin.

»Es ist jetzt fast genau ein Jahr her, noch zwei Tage hin«, sagte sie tonlos. »Freitag, der dreizehnte Juni. Mit Bastl war es damals schon nichts mehr. Er hatte eine Neue, und ich hatte Gregor kennengelernt. Er war Bergführer aus Unterau. Sein Hobby waren die Sagen um den See, er war absolut narrisch damit. Du weißt schon: der Geiger vom Königssee, Barbarossa im Untersberg, der König, der wegen seiner Grausamkeit zum Watzmann versteinerte. Er konnte toll erzählen! Auch die Geschichte von der wohlhabenden Witwe, die von einem Heiratsschwindler am dreizehnten Juni 1815 auf den See gelockt und dort ermordet wurde. Sie hat ihm dabei seinen Talisman abgerissen, einen Zahn an einer Silberkette, und mit in den Tod genommen. Ihre letzten Worte sollen ein Schwur gewesen sein: zurückzukehren und Rache zu nehmen. Gregor hat mich überredet, mit ihm bei Vollmond auf den See hinaus zu rudern. *Genau zweihundert Jahre nach dem Mord*, hat er gesagt. *Ich kenne die Stelle, man kann von dort St. Bartholomä im Mondlicht sehen. Mal schauen, ob die Schwarze Frau ihre Drohung wahrmacht.* Ich habe mich immer vor dem Königssee gefürchtet, bereits bei Tag, weil er so dunkel ist. Ich hatte als Kind das Gefühl, in der Tiefe verbirgt sich etwas, das nur darauf wartet, hervorzukommen. Und dann sind wir nachts um zwei nach draußen gerudert. Schon als wir an der Christlieger vorbei waren, wusste ich, dass etwas Furchtbares geschehen würde. Ich flehte ihn an, zurückzufahren, aber er hat nur gelacht. Du hättest das Licht sehen müssen, dieses weiße kalte Mondlicht über dem schwarzen See. Es war entsetzlich.«

Lena hatte Gänsehaut am ganzen Körper. Obwohl die Sonne aufging und das Zimmer in helles Licht tauchte, nahm sie aus den Augenwinkeln Schatten wahr, die sich auflösten, sobald sie genauer hinschaute.

Hanny fiel das fettige dunkelbraune Haar in die Stirn. Sie strich es mit einer mechanischen Geste zurück und sah Lena mit blicklosen Augen an, als sie fortfuhr.

»Es wurde immer kälter und dunkler. Ich habe gebettelt, dass wir umkehren, aber Gregor hörte nicht auf mich. Er hat die ganze Zeit geredet wie im Fieber. Bald sahen wir die Türme der Kirche auftauchen. Als wir auf Höhe von St. Bartholomä waren, kam ein Leuchten aus dem See. Dunkelgrün, von tief unten. Ich habe Gregor angeschrien, aber er war plötzlich ganz still und hat mit glänzenden Augen ins Wasser geschaut. *Ich seh sie*, hat er gesagt. Dann stiegen Luftbläschen auf, mehr und mehr, als ob ein Taucher am Grund wäre. Gregor hat die Hand ins Wasser gehalten, und auf einmal ist er aus dem Boot gezogen worden und lag drin im See. Er hat gestrampelt und versuchte, zu schreien, aber sein Kopf tauchte immer wieder unter. Ich wollte ihn festhalten, aber *sie* war stärker. Der Gregor hat gar nichts mehr gesagt, der hat mich nur so flehend angeschaut. Dann hab ich drei Glockenschläge gehört, aus der Tiefe, nicht von St. Bartholomä, und Gregor wurde nach unten gerissen. Ein paar Luftblasen noch, mehr nicht. Plötzlich schoss irgendwas Funkelndes aus der Tiefe hoch. Der Gegenstand hatte so viel Auftrieb, dass es platschte, als er an der Oberfläche auftauchte. Es war eine Silberkette mit einem Zahn dran. Ich war so wahnsinnig vor Angst. Ich hab das Ding genommen, keine Ahnung, warum. Ich weiß überhaupt nicht, wie ich an die Anlegestelle zurückgekommen bin. Ich erinnere mich erst wieder, als ich am Parkplatz ins Auto stieg und losfuhr. Ich glaube, das war auch der Moment, wo ich aufgehört habe, zu schreien.«

Lena merkte, dass sie sich die Fingerknöchel in den Mund gesteckt hatte. Sie ließ sie langsam wieder sinken.

»Ist er wiedergefunden worden?«, fragte sie leise.

»Gregor? Nein. Ich habe auch keine Meldung bei der Polizei gemacht. Niemand hat mich gefragt. Was hätte ich sagen sollen? Er hatte einem Freund ein paar Tage vorher erzählt, dass er zum Watzmann wolle, eine Tour auf die Mittelspitze. Man hat angenommen, er sei dabei abgestürzt.«

Lena musste fragen, obwohl sie es eigentlich gar nicht wissen wollte.

»Und dann?«

Hanny lehnte sich zurück. Lena konnte sehen, wie ihr übergeschlagener Fuß, der in einem zerschlissenen Pantoffel steckte, zitterte.

»Dann hat es angefangen. *Sie* ist gekommen. Jede Nacht von dieser Nacht an. Sie will ihre Kette zurückhaben.«

»*Sie?*« Lenas Zähne schlugen aufeinander.

»Die Schwarze Frau aus dem Königssee. Ich bin zu meiner Mutter gezogen, weil ich nicht ertragen konnte, allein zu sein. Aber was mit Mirl passiert ist, hast du ja gesehen.«

Lena schluckte trocken. »Und warum gibst du ihr die Kette nicht einfach?«

Hanny stieß wieder dieses furchtbare kehlige Geräusch aus, das ein Lachen sein sollte.

»Wenn es so einfach wäre! Jede Nacht halte ich sie ihr hin, aber sie nimmt sie nicht. Sie will etwas von mir, und ich weiß nicht, was es ist. Es ist ein Wunder, dass ich noch nicht vor Angst gestorben bin.«

Sie sagte das ganz emotionslos, aber Lena wusste genau, was sie meinte. Sie fühlte tiefstes Mitleid. »Ich werde versuchen, dir zu helfen«, versprach sie leise.

Hanny schrie auf. »Nein! Nein! Das darfst du nicht. Sie wird dich genauso wahnsinnig machen wie Mutter!«

Lena biss die Zähne zusammen und unterdrückte ihr Zittern. Sie musste etwas tun.

»Ich schaffe das schon irgendwie. Wir haben immer zusammengehalten, weißt du noch? Als Kinder? Ich war viel zu lange weg.«

Die Katze sprang auf ihren Schoß, der Tumor drückte sich körnig gegen ihre Handfläche. Lena schrie auf und stieß sie weg.

»Und *du* willst gegen die Schwarze Frau bestehen?«, flüsterte Hanny.

o

Lena fuhr zurück nach Berchtesgaden. Die Morgensonne schmerzte in ihren völlig übermüdeten Augen. Ihre Schläfen hämmerten. Sie brauchte dringend Schlaf, aber sie wusste, dass sie keinen finden würde.

Aus dem Frühstücksraum der Pension begrüßte sie der Duft frisch aufgebrühten Kaffees. Frau Stoeckl war schon auf. Sie trat durch die Tür.

»Was ist Ihnen denn widerfahren? Sie sehen ja grauslig aus! Kommen Sie, jetzt trinken Sie aber einen Kaffee mit mir!«

Wenig später saßen sie zusammen am Tisch. Sie waren allein. Die Gäste der Pension schliefen noch.

Lena war so erschöpft, dass ihr die Frage einfach herausrutschte.

»Haben Sie mal etwas von der Schwarzen Frau im Königssee gehört?«

Die Pensionswirtin sah sie an und schwieg lange. Endlich sagte sie zögernd: »Worüber man redet, das holt man hervor. Manche Dinge ruhen besser in der Tiefe. Aber Sie sehen so aus, als ob Sie meine Hilfe dringend brauchen könnten. Ich sag Ihnen nur so viel: Bei Mondlicht geh ich nachts nicht hinaus an die Ache.«

Lena schlang fröstelnd die Arme um den Körper. Frau Stoeckls Stimme war ganz leise geworden.

»Die meisten sagen, es ist nur eine alte Gruselgeschichte, die Ermordete aus dem Königssee, die ihre Rache fordert. Aber ich lebe seit meiner Kindheit hier und ich weiß, was ich gesehen habe. Es betrifft alle Flüsse, die aus dem Königssee gespeist werden. Jetzt, zu dieser Jahreszeit, ist es am schlimmsten. Manche Gäste merken es, die wollen plötzlich ausdrücklich die Zimmer nach hinten heraus, ohne Blick auf den Fluss. Wenn der dreizehnte Juni herum ist, ist auf einmal alles wieder normal.«

Lena trank einen Schluck Kaffee. Sie fragte mit belegter Stimme: »Was kann jemand tun, der etwas von der Schwarzen Frau besitzt? Wenn sie es wiederhaben will?«

Frau Stoeckl zog scharf die Luft ein und bekreuzigte sich. »Nein. Da sag ich nichts. Hören Sie nicht die Ache, wie sie braust?«

»Bitte«, flüsterte Lena. »Meine Cousine ist in großer Gefahr.«

»Sie hat es aus dem See genommen, nicht wahr?«, fragte Frau Stoeckl tonlos. »Sie muss es dorthin zurückbringen, in Jahresfrist, an die gleiche Stelle, zur gleichen Uhrzeit. Wenn die Frist verstrichen ist, ist es vorbei mit ihr.«

»Was meinen Sie damit?«

Stille. Die Hände der Pensionswirtin zitterten. »Sie wird sie holen. In den See. Gott sei ihr gnädig.« Damit stand sie auf und ging ohne ein weiteres Wort zurück in die Küche.

Wenn die Frist verstrichen ist. Sie wird sie holen.

In Jahresfrist, das hieß: in zwei Tagen.

Gleiche Stelle, gleiche Uhrzeit. Sie mussten nachts auf den Königssee hinausfahren und die Kette wieder ins Wasser werfen.

o

Im erbarmungslos hellen Mittagssonnenlicht sah Mirls Haus noch verwahrloster aus. Lenas Sinne waren durch den Schlafmangel geschärft, die Kopfschmerzen hatten sich auch durch zwei Tabletten kaum bändigen lassen. Hannys Begeisterung hielt sich in Grenzen, aber als Lena eine Rolle mit

Müllbeuteln auspackte und begann, den Dreck aufzusammeln, half sie mit.

»Wir brauchen ein Boot, das wird schwierig«, sagte Lena trocken, nachdem sie Hanny von Frau Stoeckls Worten berichtet hatte. Auf dem Königssee waren Privatboote nicht erlaubt, nur die Elektroboote pendelten zwischen den Stationen St. Bartholomä und Saletalm. Und es gab einen Ruderbootverleih, der aber um 18 Uhr schloss.

»Gregor hatte einen Freund bei der Wasserwacht. Dem gehörte ein Schlauchboot mit einem Elektro-Außenborder am See. Ich weiß aber nicht, ob es noch da ist.« Hanny wirkte überraschend tatkräftig.

»Jetzt fahrn wir übern See, übern See, mit einer hölzern Wurzel …«

Lena stieß einen Schrei aus. Ihre Tante stand plötzlich vor ihr, ohne dass sie sie hatte kommen hören, so nah, dass Lena ihren schlechten Atem riechen konnte. Der Wahnsinn blitzte aus den tief umschatteten Augen, das Haar stand in fettigen Büscheln vom Kopf ab. Sie roch, als habe sie seit Monaten nicht die Kleidung gewechselt, und das fleckige T-Shirt spannte sich über einem aufgeschwollenen Bauch.

»… kein Ruder war nicht dran …«

»Hallo, Tante Mirl«, sagte Lena unbehaglich.

Ihre Tante starrte sie aus glupschenden Augen an und sang weiter. An ihrer Unterlippe prangte ein riesiger Eiterpickel.

»Die hört dich nicht«, sagte Hanny und führte ihre Mutter zur Couch. Mirl ließ sich darauf plumpsen und stierte vor sich hin.

»Einen Kuchen!«, forderte sie lautstark. »Ein Kaffee, Milch, zwei Stück Zucker!«

Lena schauderte. »Seit wann ist sie so?«, flüsterte sie.

»Es ist meine Schuld«, antwortete Hanny ohne Regung. »Ich hatte solche Angst, deshalb bin ich wieder hier eingezogen. In der ersten Nacht hab ich Mama gebeten, mit mir wach zu bleiben. Aber *sie* kam trotzdem. Sie hat Mirl angefasst, und Mama hat zwei Tage lang geschrien. Seitdem hat sie kein vernünftiges Wort mehr gesagt.«

Lena versuchte, nicht darüber nachzudenken. Sie räumte weiter den Müll weg.

»Den Nachbarn hab ich erzählt, sie wäre schon länger dement«, fuhr Hanny fort. »Bald kamen nicht mehr viele, um nach ihr zu sehen. Ich glaube, sie haben gespürt, dass bei uns was nicht stimmt.«

»Wir müssen nach Schönau zur Anlegestelle, schauen, ob das Boot noch da ist«, flüsterte Lena. »Schaffst du das?«

»Ich geh duschen.«

Lena wollte nicht mit Mirl allein sein, also wartete sie am Auto. Als Hanny nach draußen kam, sah sie überraschend gut aus, hatte sogar etwas Lipgloss aufgelegt. Der panische Ausdruck in ihren Augen war nahezu verschwunden.

Mirl begann, zu kreischen, als sie erkannte, dass die beiden Frauen das Haus verlassen wollten. Hanny zerrte sie in ihr Zimmer und Lena hörte, wie sie die Tür zuschloss. Mirls Schreien ging in unkontrolliertes Schluchzen über. Lena hätte gern Mitleid empfunden, aber sie spürte nur Grauen.

o

Der Parkplatz war voll mit Reisebussen, wie früher. Blauer Himmel, Urlaubsstimmung. Lena und Hanny gingen die Seestraße hinunter, an den Souvenirläden vorbei zur Anlegestelle. Mittagszeit, Essensdünste aus den Restaurants. Auf dem großen Platz vor den Bootsstegen drängelten sich die Leute, Kinder schrien und Hunde bellten. Die dunkelbraunen Bootshäuser waren leer. Die Elektroboote befanden sich bei diesem grandiosen Wetter auf der Strecke. Die schmale Einfahrt auf den See zwischen der Felsinsel Christlieger mit ihrem Nepomuk-Denkmal und den schroff abfallenden Felsen schimmerte im kräftigen Sonnenlicht kristallklar, türkis- und jadegrün. Tannen spiegelten sich in der glatten Oberfläche. An dem Bild war nichts Schreckliches, aber Lena zitterte dennoch. Sie glaubte, hochfrequente Schwingungen vom See her wahrzunehmen – wie ein Mückensirren.

Hanny schob Lena ins vorderste Bootshaus. Am Steg lag unter einer Plane ein leuchtend rotes Außenborder-Schlauchboot der Wasserwacht.

»Da ist es! Vielleicht … vielleicht schaffen wir es, Leni. Was denkst du?«

Lena nickte, so überzeugend sie konnte. »Klar.«

○

Sie hatten sich für ein Uhr nachts verabredet. Als Lena vor dem Haus hielt, wartete Hanny schon draußen. Sie zitterte am ganzen Körper.

»Bald kommt sie. Ich kann es fühlen. Lass uns fahren, schnell.«

Die Seestraße war ganz anders als am Tag, still und fremd. Die Dunkelheit lastete wie eine Decke. In den Hotelfenstern brannte hier und da noch Licht.

»Wir rudern bis hinter die Christlieger, erst dann machen wir den Motor an«, sagte Lena. »Damit uns niemand hört.«

Sie schoben das Boot auf den See und kletterten hinein. Es schwankte bedenklich, war groß und unhandlich. Die Wolken rissen auf, ein noch fast voller Mond goss sein Licht über das Wasser. Die Temperatur war eisig.

»Lass mich, ich muss das machen!« Hanny ergriff die Ruder. Ihre Angst schien Kraft in die ausgemergelten Arme zu pumpen.

»Hast du die Kette?«

»Um den Hals.« Hanny schluchzte trocken auf und ruderte keuchend. Die Statue auf der Felseninsel Christlieger war nächtlich beleuchtet und wies ihnen den Weg. Bald öffnete sich die langgestreckte Silhouette des Sees vor ihnen. Lena startete den Motor, sein Sirren zerschnitt die Stille.

»Es ist so schrecklich im Mondlicht«, murmelte Hanny tonlos. Lena biss die Zähne zusammen. Die Oberfläche des Königssees warf das weiße Licht zurück wie ein Spiegel. Die Reflexion der Tannen wirkte dreidimensional. Lena hörte keinen Laut außer dem gleichmäßigen Motorsummen. Sie glitten ins Nichts.

Es schien Lena, als seien nur wenige Minuten vergangen, doch in der Ferne tauchten schon die weißgetünchten Wände von St. Bartholomä auf. Hannys Gesicht war schweißüberströmt.

»Sie kommt«, wimmerte sie. »Sie ist ganz nah.«

Lena sah auf die Uhr: Viertel vor zwei.

»Aber wo ist die richtige Stelle?«, flüsterte sie.

»Schau ins Wasser«, antwortete Hanny schwach.

Lena sah verwelkte Blütenblätter auf dem See, es wurden immer mehr. Es klang wie ein Wispern, als sie hindurchfuhren. Eine weiße Nebelwand umschloss sie. Es wurde noch kälter. Lenas Zähne schlugen aufeinander. Der Motor stotterte, dann erstarb er. Hanny weinte leise.

Lena riss sich zusammen. »Mach die Kette ab, schnell! Wirf sie rein!«

Hanny zog den silbernen Schmuck unter dem T-Shirt hervor. Sie bekam die Schließe nicht auf. Lena sah die Kette zum ersten Mal: Das Silber funkelte messerscharf im Mondlicht, der seltsame, wie ein Menschenzahn geformte Anhänger fluoreszierte weiß. Sie wollte das nicht anfassen, aber sie musste Hanny helfen! Die Kette war glitschig von Hannys schweißnassen Fingern, doch Lena öffnete endlich den Verschluss. Der See leuchtete von tief unten dunkelgrün. Da waren Bewegungen unter der Oberfläche. Hanny riss Lena hektisch die Kette aus der Hand und warf sie über Bord.

Das Wasser gischtete auf. Ein langes graublaues Etwas schoss daraus hervor, dann noch eins und noch eins. Lena schrie auf, als sie erkannte, dass es aufgeschwemmte Menschenarme waren. Verweste Finger umklammerten die Wände des Schlauchboots, brachten es zum Schwanken. Die Kette wurde aus dem See ins Boot geschleudert, landete schmerzhaft glitzernd auf Hannys Schoß. Hanny schrie und warf sie erneut in den See, aber die Leichenhände fingen sie auf, bevor sie das Wasser berührte, und katapultierten sie abermals ins Boot.

Lena und Hanny versuchten es wieder und wieder, doch es wurden immer mehr Totenhände, und jedes Mal fiel die Kette zu ihnen ins Boot.

»Wie spät ist es? Wie spät ...«

Das Dröhnen eines Glockenschlags schnitt Lena das Wort ab. Der Ton war dumpf und kam aus der Tiefe des Sees. Ein weiterer Schlag und noch einer.

»Vorbei«, wimmerte Hanny.

Wolken verdeckten den Mond. Der Nebel auf dem See wurde schwarz. Eine Frauengestalt in einem wehenden Kleid raste auf sie zu. Das Gesicht leuchtete weiß: eine Knochenfratze mit gebleckten Fangzähnen.

Lenas Panik verwandelte sich in Hass. Sie nahm ihrer wimmernden Cousine die Kette aus der Hand und hielt das teuflisch glitzernde Ding der Schwarzen Frau entgegen.

»Hier, nimm sie endlich!«, schrie sie.

Ein dumpfes Lachen war die Antwort. Die Stimme klang, als käme sie aus dem Wasser.

»Das ist es nicht, was ich will.«

Das Knochengesicht wandte sich Hanny zu. Schwarze Klauen griffen ihre Schultern. Lena konnte sich plötzlich nicht mehr rühren, nicht einmal schreien. Die Schwarze Frau biss Hanny mit einem Ruck die Kehle durch. Ein Schwall warmen, dampfenden Blutes ergoss sich über Lenas Hände. Hannys Augen öffneten sich weit. Die schwarze

Gestalt biss ein zweites Mal zu, riss große Stücke Knorpel aus Hannys Hals. Hannys Kopf wurde abgetrennt und fiel auf den Boden des Bootes. Ihr Körper rutschte langsam über die Bordwand in den See.

Das Wasser brodelte hoch. Die Schwarze Frau wandte sich um, ihre grinsende Fratze ganz dicht an Lenas Gesicht. Sie berührte sie an der Stirn. Plötzlich war alles dunkel. Ein einzelner Glockenschlag – der Nebel verwehte, die Wolken vor dem Mond rissen auf und kaltes Licht fiel über das Wasser.

o

Lena startete den Außenborder und steuerte zurück nach Schönau. Sie ließ das Boot am Ufer zurück. Fürsorglich nahm sie Hannys Kopf in den Arm und trug ihn zum Auto.

»Alles wird gut, Hanny, du wirst sehen!«

Sie fuhr zum Haus ihrer Tante. Die Tür stand offen, im Wohnzimmer brannte eine einzelne Kerze. Mirl sah Lena mit glänzenden Augen entgegen. Sie saß auf der Couch, hielt die Katze auf dem Schoß und liebkoste den Tumor.

Lena streichelte beruhigend Hannys Stirn. »Schau, Tante Mirl, ich habe Hanny gerettet!«

Ihre Tante lächelte sie an. »Das hast du gut gemacht. Komm her, Liebes«, sagte sie. Lena setzte sich dicht neben sie, bettete den blutigen Kopf in ihren Schoß.

»Ich habe Hannys Zimmer schon für euch beide hergerichtet.« Mirl streichelte Lenas rechten Arm und nickte zufrieden. »Wie schön, dass du sie mitgebracht hast, so bleibt sie in der Familie!«

Lena hielt inne. Tante Mirls Blick galt nicht Hanny, sondern etwas Grellsilbernem an Lenas Handgelenk. Die Kette!

»Ab morgen kommt sie dich besuchen, die Frau aus dem Königssee«, wisperte Tante Mirl glücklich.

Im Herzen

Es tut mir leid, Kristin, wirklich. Aber Sie verstehen ja, dass das wichtig ist.«

Kristin versuchte panisch, die Bilder zu verscheuchen, die sich im Rhythmus ihres Herzschlags hinter ihren geschlossenen Augenlidern manifestierten. Sie hatte nur einen Gedanken: *Nein, du dumme Kuh, es tut dir überhaupt nicht leid.*

Kristins Erkrankung hatte viele negative Konsequenzen, aber sie brachte auch ein feines Gespür für Leute mit sich, die ihre Zuneigung ernst meinten. Wenn es jemandem leidtat, dann war da ein spezielles Vibrieren in der Stimme. Und diese Frau, die sie seit sechs Monaten begleitete, hatte kein Problem damit, dass es Kristin schlecht ging. Ihr Satz war nichts weiter als einer ihrer professionellen Sprüche, die sie für solche Gelegenheiten bereithielt.

»Sehen Sie hin, Kristin.«

Kristin konnte es nicht verhindern.

Ein Netz aus Spinnweben vor ihren Augen. Das Geräusch fallender Tropfen. Sie wollte das hier nicht!

»Nein. Nein!«

Kristin schüttelte es. Die Ärztin griff nach einer Nierenschale und hielt sie ihr unter das Kinn.

Kristin wehrte sie wütend ab: »Lassen Sie mich!«

»Kristin, ich begreife vollkommen, was im Moment in Ihnen vorgeht.«

Das war ein Witz. Die Therapeutin hatte keine Ahnung, was in Kristin vorging. Unter dem Vorwand, Kristin helfen zu wollen, hatte sie die barmherzigen Schatten des Vergessens vor der Wahrheit fortgezogen. Die Bilder, die furchtbaren Erinnerungen – nun konnte Kristin nicht mehr davor fliehen. Sie fühlte Hass in sich aufsteigen.

Sie hatte diese Therapie nicht machen wollen. Sie kam zurecht mit ihren Problemen, mit ihren Neurosen und ihren Depressionen, seit Jahren schon. Sie wusste, dass ihr Unterbewusstsein einen triftigen Grund hatte, die Dinge in ihrer Vergangenheit zu verhüllen. Sie konnte sie noch sehen, wie die Konturen von abgedeckten Möbeln in einem unbewohnten Haus. Man konnte erahnen, was sich darunter verbarg, aber man erkannte es nicht genau. Und das war gut so.

○

Frank hatte darauf bestanden, dass sie zu einer Psychologin ging.

»Dein Problem liegt in deiner Vergangenheit«, hatte er salbungsvoll erklärt, als ob Kristin das nicht gewusst hätte. »Du verdrängst die Erinnerung, und deshalb wehrt sich dein Unterbewusstsein und richtet sich scheinbar gegen dich. Wenn du eine

Hypnosetherapie machst, wirst du verstehen, was dein Hemmnis ist, und kannst es lösen. Dann wirst du endlich leben können wie ein normaler Mensch.«

Sie kannte Frank jetzt fast ein Jahr lang. Er war Arzt in einer Gemeinschaftspraxis und hatte sie wegen einer banalen Erkältung behandelt. Er hatte sie angesprochen, hatte sie eingeladen, mit ihm auszugehen, hatte ihr schließlich seine Liebe gestanden. Sie mochte die Art, wie er sich um sie kümmerte, mochte den Blick seiner braunen Augen, die an die Farbe von Herbstlaub erinnerten. Sie war der Meinung, dass sie mit ihm ein durchaus normales Leben lebte.

Sie hatte Strategien entwickelt, um ihre Angst frühzeitig zu erkennen und soweit unter Kontrolle zu halten, bis sie zuhause war und sie hervorbrechen lassen konnte, ohne Aufsehen zu erregen. Ihren Verfolgungswahn akzeptierte sie, so gut es ging. Sie versuchte, nicht mehr allzu sehr auf das zu hören, was die Leute sagten, die an ihr vorübergingen. Meistens sagten sie ja ohnehin harmlose Dinge. Nur ab und zu war dieser eine, spezielle Satz darunter, der Kristin in grenzenlose Panik versetzte.

Über ihre Depressionen half ihr die Betrachtung eines speziellen Blautons hinweg: jenes tiefe, intensive Blau – Lapislazuli. Sie hatte eine Menge von diesen Schmucksteinen und trug jeden Tag eine Kette mit einem anderen Lapislazuli-Anhänger.

Aber arbeiten konnte sie nicht mehr.

Als sie Frank kennenlernte, war Kristin noch eine erfolgreiche Autorin gewesen. Aus ihrer nebulösen Vergangenheit hatte sie manche Inspiration geschöpft. Doch mit der Therapie kamen die Schreibblockaden. Ihre Therapeutin wertete das als einen Erfolg.

»Wenn sich diese Blockade löst, werden sich bald auch all die anderen lösen!«

Kristin dachte, dass es einfach an den verdammten Antidepressiva lag, die die Frau ihr verschrieben hatte. Zu irgendeinem Zeitpunkt nahm jeder Text, den sie verfasste, eine eigene Richtung. Die Worte, die sie aufschrieb, konnte sie nicht mehr kontrollieren. Und alles endete immer mit demselben Satz, den sie erst las, wenn er schon auf dem Bildschirm stand. Es war derselbe Satz, den die Menschen sagten, die sie verfolgten.

Im Herzen ist nichts.

Sobald dieser Satz in ihr Bewusstsein vordrang, beschleunigte sich ihr Puls und ihr Herz stolperte. Als sie Frank schließlich davon erzählte, meinte er nur verständnislos: »Das ist doch kein schlimmer Satz. Er klingt höchstens ein bisschen deprimiert. Du wirst bald sehen, dass alles völlig harmlos ist. Du musst halt deine Vergangenheit aufarbeiten, dann klärt sich auch das.«

Kristin war sich nicht sicher.

Sie hatte schließlich trotzdem eingewilligt, dass Frank für sie eine Hypnosetherapeutin suchte. Bereits nach der ersten Sitzung war klar, wie wenig sie diese Frau mochte, aber Frank redete ihr gut zu, und Kristin entschloss sich, der Therapeutin zu vertrauen. Sie besuchte sie zweimal pro Woche.

Die Frau schien zu wissen, was sie tat, auch wenn es nicht angenehm war. Es war nicht unwahrscheinlich, dass Kristin bald gesund sein würde und sie all ihre Symptome vergessen konnte.

Die Hypnosesitzungen machten stetig Fortschritte. Kristin sah Bilder aus ihrer Vergangenheit, aus der Zeit, als sie ein kleines Mädchen gewesen war. Sie sah sie nicht wie Erinnerungen, sondern erlebte sie so, als sei sie in diese Zeit zurückgekehrt. Ihre Therapeutin nannte sie »hoch empfänglich für diese Art der Therapie«. Sie kamen dem Kern immer näher. Hoffentlich behielt Frank recht.

○

Und heute war es so weit.

Kristin wusste das in dem Moment, als sie das aufwühlende Licht eines Frühlingstages sah. Von fern hörte sie ihre eigene Stimme, wie sie der Therapeutin ihre Beobachtungen berichtete.

Noch war alles gut. Aber der Duft von frisch gemähtem Gras hatte etwas Bedrohliches. Kristin spürte einen lebhaften Wind, der ihr durchs Haar fuhr. Ein beruhigend eintöniges Geräusch. Dann brach es ab.

Ein heftiger Druck auf Kristins Brustkorb.

Der Boden zu ihren Füßen war in Bewegung wie auf einem Schiff. Am Rand ihres Gesichtsfelds schwang etwas wild hin und her, sie konzentrierte sich darauf, schaute genau hin, fing es endlich ein. Eine Figur, eine Art Ritter in roter Rüstung, einen Helm auf dem Kopf. Lapislazuliblaue Augen.

Er war an einer Schnur festgebunden. Sie wollte genauer schauen, aber sie konnte den Blick nicht festhalten. Die Welt zersprang knisternd in Stücke, sie drehte sich von oben nach unten, ein Geräusch ertönte wie das Kreischen von Dämonen, und dann war alles still.

Alles stand auf dem Kopf, und Kristin fühlte sich merkwürdig schwebend leicht.

Ein Netz aus Spinnweben vor ihren Augen.

Fallende Tropfen.

Regen?

Etwas lief warm von ihrer Wange zur Stirn hinauf, tropfte von dort auf die kopfstehende Welt.

Blut.

Kristin unterdrückte den Schrei.

»Ja, Sie sind ganz nah dran, Kristin, lassen Sie den Blick schweifen«, hörte sie die drängende Stimme der Therapeutin.

Nein, dachte Kristin, *nein, ich will nicht.*

Aber sie tat es doch.

Vor ihr das Spinnennetz.

Sie blinzelte und sah klarer. Eine zerborstene Autoscheibe.

Die kleine Figur baumelte vor ihrer Nase.

Sie erinnerte sich. Der Ritter gehörte ihr. Ihre Mutter hatte ihn vor der Fahrt an den Spiegel im Auto gehängt, er sollte Glück bringen.

Ihre Mutter?

Nein, nicht nach links sehen. Nicht nach links.

Sie sah nach links.

Sie kannte das Gesicht, auch wenn es blutüberströmt war. Sie hatte es nur lange, lange vergessen gehabt.

Die vertraute Stimme, undeutlich und abgehackt.

»Wir müssen hier raus, Kristin. Wir stehen mitten auf der Straße. Schnell.«

Eine Berührung an ihrer Wange. Kristin griff nach dem Ritter und spürte die rote Rüstung warm in ihrer Hand.

Dann ein Stoß, das ohrenbetäubende Quietschen von Reifen, ein Reißen, ein Schrei, ein ersterbendes Röcheln – und Schwärze.

Die Therapeutin an ihrer Seite.

»Kristin, Sie haben als Kind einen Unfall gehabt. Anscheinend ist Ihre leibliche Mutter dabei ums Leben gekommen, und Sie müssen schwer verletzt gewesen sein. Alles spricht dafür, dass Sie von

Adoptiveltern großgezogen worden sind. Das ist Ihr nächster Schritt – sprechen Sie mit Ihren Adoptiveltern. Und finden Sie die Figur, sie ist der Schlüssel zu dem, was Sie quält. Darauf können wir aufbauen.«

Sie überredete Kristin zu einer Beruhigungsspritze, und Kristin konnte sich kaum auf den Beinen halten, als sie am Haus ihrer Eltern ankam.

Dann saß sie auf der Couch und sah in das Gesicht der Frau, von der sie bis eben noch gedacht hatte, es sei ihre Mutter.

Maria weinte.

»Ja, das ist alles wahr. Du und deine Mutter hattet einen schweren Autounfall, da warst du vier Jahre alt. Deine Mutter ist dabei gestorben. Wir waren eure Nachbarn und haben dich immer im Krankenhaus besucht. Nach dem Unfall hast du ein halbes Jahr lang im Koma gelegen. Und dann bist du auf einmal wieder aufgewacht, du konntest dich an nichts erinnern. Du hieltest uns für deine Eltern. Dein Vater – dein Vater verschwand zu diesem Zeitpunkt unter mysteriösen Umständen. Du hattest niemanden, und so haben wir dich schließlich adoptiert und uns entschlossen, dir niemals etwas davon zu erzählen.«

»Mama«, sagte Kristin. Das Wort kam ganz leicht über ihre Lippen, obwohl es nicht stimmte, und sie fühlte sich wie ferngesteuert. »Da war diese Figur, die im Auto am Spiegel hing. Hast du eine Ahnung, wo sie geblieben ist?«

Maria nickte.

»Ich fand das immer so traurig«, schluchzte sie. »Es war dein Lieblingsritter, und du hast dich niemals davon trennen wollen. Aber als du aufwachtest, habe ich mich nicht getraut, ihn dir zu geben, weil ich die Erinnerungen nicht wecken wollte. Ich habe den Ritter unter dem Grabstein deiner Mutter versteckt.«

Kristin konnte sich kaum rühren, dennoch stand sie auf und umarmte ihre Adoptivmutter mechanisch. Sie sagte nichts mehr, sondern ging den Weg, den Maria ihr beschrieben hatte. Der Friedhof war klein, sie fand das Grab sofort. Sie stand einen Moment wie betäubt und las den Namen, während Tränen über ihre Wangen rollten. Dann nahm sie die Handschaufel, die Maria ihr gegeben hatte, und grub.

Kristin spürte einen Schrei in ihrem Inneren, aber sie konnte ihn nicht ausstoßen. Er setzte sich fest und wurde immer größer, drückte auf ihren Kehlkopf, drohte, sie zu ersticken.

Eine kleine Schachtel, länglich wie ein Sarg. Sie öffnete den Deckel. Dort lag er.

In ihrer Erinnerung war es eine einfache Plastikfigur, wie man sie damals an jeder Ecke kaufen konnte.

Aber das stimmte nicht.

Die Figur war nicht aus Plastik. Kristin kannte das Material nicht, es sah aus wie eine Mischung aus Glas und Porzellan.

Die Haut der Gestalt war weiß und durchscheinend, das Gesicht war so präzise herausgearbeitet wie bei der Statue eines Künstlers. Am bemerkenswertesten war die Farbe der Rüstung: kein einfaches Rot, sondern ein feurig schimmerndes Leuchten.

Kristin konnte sich nicht erinnern, woher sie den Ritter hatte. Das war eindeutig kein Spielzeug, sondern Kunst. Diese kleine Statue hatte jemand erschaffen, der sich darauf verstand. Ein Meisterwerk.

Hatten Ritter nicht immer Schwert und Schild in den Händen? Dieser nicht. Er trug in der Rechten eine Schriftrolle, und die Linke lag auf seinem Herzen.

o

Kristin machte sich auf den Heimweg.

Sie spürte die aufkeimende Panik. Zu viele Menschen um sie herum. Zuerst war es nur ein Kribbeln im Bauch, dann ein Gefühl von Hitze, das sich schnell über den Magen nach oben hin ausbreitete. Als die Hitze ihren Hals erreichte, glaubte sie, Hände zu spüren, die sie würgten. Sie hörte ein klackendes Geräusch – der Ritter war aus ihrer Hand geglitten und auf den Asphalt gefallen.

Sie sank auf die Knie und tastete blind vor Tränen nach der Figur. Endlich schloss sie sie wieder in ihrer Faust ein. Die Angst kochte in ihr wie Milch in einem Topf. Erst waren es nur ein paar Bläschen, dann begann es zu schäumen, der Pegel stieg unaufhaltsam, wenn man die Hitze der Flamme nicht herunterdrehte.

Als sie wieder aufstand, rammte ihr jemand den Ellbogen in die Seite. Sie schaute in das Gesicht eines Mannes, der sich knapp entschuldigte. Ein junges Paar, offensichtlich in einen Streit verwickelt. Kristin nickte kraftlos, blieb stehen und schaute den beiden nach. Sie wollte sie nicht ansehen, aber sie erregten ihre Aufmerksamkeit. Die Frau packte den Mann an den Armen, er lächelte zynisch und schaute in Kristins Richtung.

Die Frau schrie ihn an, und Kristin verstand die Worte:

»… im Herzen ist nichts.«

o

Kristin erinnerte sich nicht daran, wie sie hierhergekommen war. Frank war auf einmal da gewesen, hatte sie ins Auto gepackt, wo sie die erste Welle der Panik durch Atemübungen unter Kontrolle zu bringen versuchte.

Sie standen am Meer. Vor ihnen erstreckte sich das anthrazitfarbene Wasser. Wellen kringelten sich harmlos auf dem algen- und teerbedeckten Strand. Der Himmel war wolkenverhangen.

Kristin konnte kaum atmen.

Ihre rechte Hand schmerzte. Sie hob sie vor die Augen und begriff. Sie hielt noch immer den roten Ritter umklammert.

Frank stand vor ihr und streckte die Hand aus.

»Gib mir die Figur, Kristin«, sagte er. Da war ein Unterton in seiner Stimme, der sie irritierte.

Der Satz pulsierte in ihrem Kopf im Rhythmus ihres Herzschlags.

Im Herzen ist nichts.

Kristin zitterte. Franks Augen hatten so einen seltsamen Ausdruck. Der Strandabschnitt war völlig einsam, keine Menschenseele in Sicht.

Sie wollte Frank nicht ansehen.

Er machte einen Schritt auf sie zu und griff nach ihrem Kinn, drehte ihr Gesicht, sodass sie in seine Augen schauen musste.

»Jetzt ist Schluss, meine Liebe«, sagte er, und sie hörte endlich den wahren Tonfall heraus. Sie begriff.

»Es ist niemals um mich gegangen«, stammelte sie.

»Du hast recht«, antwortete er und lächelte boshaft. »Das Einzige, was wir wollen, ist die Figur.«

»Aber warum?«, fragte Kristin. Es war einen Versuch wert: »Es ist doch nur ein albernes Kinderspielzeug.«

Frank lachte spöttisch. Er antwortete: »Ich gehöre zu einer Gruppe von Wissenschaftlern und forsche an einem Geheimprojekt. Wir befassten uns zunächst mit Komapatienten, die entgegen aller medizinischen Voraussagen wieder wach wurden. Du warst eine davon. Doch alle diese Patienten hatten eine Gemeinsamkeit: eine kleine, harmlos scheinende Spielzeugfigur. Deren Rüstung besteht aus einer Metalllegierung, die es auf der Erde nicht gibt. Wir müssen erforschen, woher sie stammt.«

Er trat noch einen Schritt auf sie zu. Sie konnte die Wärme seines Körpers spüren.

»Das war alles dein Plan. Und dieser Satz ist ein Bestandteil davon! Warum macht er mir solche Angst? Du weißt es doch anscheinend!«

Frank schüttelte den Kopf.

»Es ist nur ein Satz, sonst nichts. Sei vernünftig, Kristin«, erklärte er in seinem beruhigenden Tonfall, der sie jetzt nicht mehr täuschen konnte. »Wenn du mir die Figur gibst, wird alles gut. Verstehst du denn nicht? Du hast nicht unter Verfolgungswahn gelitten: Du wurdest wirklich verfolgt. Wir mussten das tun, um dir das Geheimnis zu entlocken. Da du es selbst nicht wusstest, mussten wir subtilere Methoden anwenden. Das war nicht ganz fair, zugegeben. Verzeih. Aber die Figur ist einzigartig und muss erforscht werden.«

Ich werde sie nicht hergeben, dachte Kristin. *Um keinen Preis.*

»Du hast etwas mit dem Verschwinden meines Vaters zu tun. Ihr habt ihn umgebracht.«

Er wirkte einen Moment lang irritiert, dann zuckte er die Achseln.

»Wir mussten den Weg frei machen. Meine Kollegen und ich verfolgen dein Schicksal schon sehr lange, Kristin. Wir stehen dicht vor der Enthüllung des Geheimnisses. Dichter vielleicht, als dir lieb ist.«

Sein Gesicht verhärtete sich, nahm einen fanatischen Ausdruck an. Sie sah etwas Schwarzes in seiner Hand – eine Waffe? Nein, es war ein Tuch. Er drängte sie zum Meer.

Die Angst war wieder da. Sie verselbstständigte sich, wurde zu einem lebenden Wesen, zu einem Dämon aus ihrem Inneren.

Sie wich zurück, aber Frank schlang ihr mit einer geübten Bewegung das Tuch um den Hals und zog ruckartig zu.

Es surrte in ihren Ohren. Schwarze Punkte tanzten vor ihren Augen auf und ab. Sie wimmerte, keuchte, biss Stücke von der Luft ab, ihre Kiefer schnappten krachend zusammen, aber der Sauerstoff gelangte nicht in ihre Lungen.

Sie stolperte, schlug sich den Knöchel um, fiel hin. Der Druck des Tuches lockerte sich, auch Frank war gestolpert.

In Kristins Kopf summte die nahende Ohnmacht wie ein Bienenschwarm.

Sie kam allmählich zu sich. Die Brandungskante war ganz nah. Das Erste, was sie sah, war der Gegenstand, der ihr beim Sturz aus der Hand gefallen war.

Der rote Ritter.

Sie sog schluchzend Luft in ihre Lungen. Sie griff danach, krallte ihre Finger um die Figur.

»Im Herzen ist nichts«, sagte Frank und schlang das Tuch erneut um ihren Hals. »Lass los, Kristin.«

Im Herzen ist nichts.

Die gewohnte Reaktion blieb aus.

Sie würgte Atemnot und Trockenheit in ihrer Kehle herunter und hielt die Augen fest auf die Figur gerichtet. Sie hatte keine Angst.

Sie hörte Franks schweres Keuchen, während er versuchte, sie zu erdrosseln. Aber sie spürte gar nichts mehr. Keinen Druck auf dem Hals, keine Luftnot, keine Schmerzen. Sie sah nur das Gesicht der Statue an. Das Blau der Augen tröstete sie.

Über dem Meer flackerten Lichter auf, von demselben intensiven Lapislazuli. Sie bildeten einen Kreis in der Mitte des Wassers. Ganz fern hörte Kristin Frank aufschreien, als sei er kilometerweit weg. Das Himmelsgrau wurde aufgesogen. Ein Strudel entstand im Meer, er wurde größer und größer. Die Schwärze vom Himmel senkte sich in einem

Strahl hinab, sie fegte mit einem hochfrequenten Geräusch über den Strand, ergriff Frank und schleuderte ihn fort.

Die Lichter bildeten einen Kreis um Kristin, kamen näher, berührten sie. Ihr blaues Leuchten floss durch Kristins Adern, machte sie schwerelos. Ihre Füße verloren den Kontakt zum Boden. Sie zogen sie zum Strudel.

Kristin spürte immer noch keine Angst. Sie hielt den Ritter fest in ihrer Hand.

Das Letzte, was sie sah, war das Lapislazuliblau seiner Augen, als sie in die Schwärze tauchte. Eine vollkommene Schwärze und absolute Stille. Sie hörte nicht einmal das Blut in ihren Adern rauschen oder ihr Herz schlagen. Sie öffnete den Mund und versuchte, etwas zu sagen, aber es blieb still. Sie fand das lustig und kicherte schweigend.

Kristin war sicher, die Augen fest geschlossen zu haben, aber trotzdem sah sie blaue Lichter. *Wie eine Landebahn auf einem Flughafen*, dachte sie. Wenn sie sie zu fokussieren versuchte, waren sie fort und tauchten Sekundenbruchteile später wieder auf.

Dann spürte sie Grund unter den Füßen. Sie stand auf etwas Weichem, dessen Wärme ihre Schuhe durchdrang. Von Sommersonne gewärmter Sand.

»Du kannst die Augen öffnen«, sagte eine Stimme.

Über Kristin war Lapislazuli: ein Himmel von unbeschreiblichem Blau. Er schillerte wie Perlmutt. Das Blau war lebendig, es atmete, pulsierte. Die Farbe, mit der sie sich umgeben hatte, weil sie sie beruhigt hatte. Und dann sah sie in die Augen eines Mannes, die genauso blau waren.

Kristin stand auf einem endlosen weißen Strand, an den ein türkisfarbenes Meer anbrandete. In der Ferne hoben sich weiß zerklüftete Steilküsten. Es hätte das Klischee eines Mittelmeerstrandes sein können, wenn nicht in präzisem Abstand voneinander die Ritterstatuen gestanden hätten. Dreißig Meter hohe Steinfiguren von Männern und Frauen in rotgleißenden Rüstungen, in der Rechten eine Schriftrolle und die linke Hand auf dem Herzen. Sie schauten über das Meer hinweg in unbestimmte Weiten.

Kristin spürte Bewegung unter ihren Schuhen: ein gleichmäßiges Senken und Heben. Der Boden atmete.

Der Mann vor ihr war gekleidet wie ein antiker Grieche. Er trug feurig rote, kunstvoll drapierte Stoffe in der Farbe der Ritterrüstungen. Er saß unter einem Baum, der sanft seine schneeweißen Haare streichelte, einen Hund zu seinen Füßen. Oder war es ein Wolf? Sie hatte noch nie einen solchen Hund gesehen. Es war ein riesiges graues Tier mit bernsteingelben Augen und einem verstehenden Blick, der ihr durch und durch ging. Als ob er bis tief in ihre Seele schauen könne. Der Hund wedelte verhalten mit dem Schwanz.

Kristin spürte einen Schmerz in der rechten Hand. Sie hatte die Figur so festgehalten, dass sich die Konturen in die Haut eingegraben hatten.

Sie betrachtete das Gesicht der kleinen Statue. Sie schien zu blinzeln und zu lächeln. Das war unmöglich.

Der Mann unter dem Baum ähnelte der Figur auf verblüffende Weise.

Er schmunzelte wissend und sah Kristin mit seinen Lapislazuli-Augen an.

»Sie haben mich gerettet. Vor Frank. Danke«, stammelte Kristin. Ihre Stimme versagte, als sie auf den atmenden Boden schaute. Da war ein Herzschlag unter ihren Füßen.

Der Mann hielt dem Baum seine Hand hin. Ein Ast ergriff sie und zog ihn auf die Füße.

»Wo bin ich hier?«, fragte Kristin.

Anstelle einer Antwort deutete er mit weit ausholender Geste über die Landschaft.

»Sieh dich um.«

Kristin gehorchte. Auf den ersten Blick war das eine mediterrane Insel, mit den leuchtend grünen Hügeln, der Felsküste in der Ferne, den Palmen und dem weißen Strand. Auf den zweiten Blick war die Farbe von Meer und Himmel zu intensiv und der

Horizont zu stark gekrümmt. Inmitten des Grüns standen vereinzelte Gebäude, futuristisch anmutend, manche rund, andere wie Tetrapoden, und alle ganz durchscheinend. Drinnen gingen Menschen umher. Ihre weißen Haare bildeten einen Kontrast zu ihren feurig roten Gewändern.

»Dein Vater ist einer von ihnen. Wir haben ihn zu uns geholt, als es für ihn bei euch zu gefährlich wurde. Du wirst ihn gleich wiedersehen.«

Hatte der Mann das gesagt, oder hatte sie sich das nur eingebildet? Ihr Puls beschleunigte sich.

In der Nähe glitzerte ein silberner See, darüber ein Felsvorsprung mit einem Wasserfall. Eine fremdartige Idylle: Das Wasser strömte aus dem See in verspielten Kaskaden nach oben zur Bergspitze. Der Rhythmus des Herzschlags im Boden lief in kleinen Wellen bis zur Mitte des Wassers, dort war ein von blauen Lichtern gesäumter Strudel, der in ein schwarzes Loch hinabsank.

»Die Verbindung zu deiner Welt«, erklärte Kristins Gegenüber.

Kristin atmete tief ein. Die Luft roch belebend, salzig nach Meer und süß nach Blumen. Erfrischender Wind streichelte ihre Wangen und fuhr ihr liebevoll durch die Haare.

Der Mann stand auf einmal so dicht neben ihr, dass sie die Wärme seiner Haut fühlen konnte. Er hatte den Blick aufs Meer gerichtet und gab Kristin die Gelegenheit, ihn unverhohlen anzustarren.

Er war auf eine Weise gutaussehend, die sie nicht in Worte fassen konnte. Nicht so wie die Typen aus Fernsehen und Kino – diese jungen Männer, die alle irgendwie gleich wirkten mit ihren Dreitagebärten, und deren Namen sie sich nie merken konnte.

Sein Gesicht war einzigartig. Trotz der weißen Haare die glatte Haut eines Zwanzigjährigen. Es hatte Ecken und Kanten, es hatte Ausdruck, es war ganz und gar nicht perfekt. Man schaute es an, und es brannte sich auf der Netzhaut ein. Die Lippen waren zu voll, die Nase zu schmal, die Zähne zu wölfisch, der Teint zu blass. Ein ironischer Zug um den Mund kündete von Wissen, zahllose Lachfältchen um die Augen von Humor. Sie konnte sich vorstellen, ihn zu küssen. Sie konnte sich nicht sattsehen. Dieses Gesicht wollte sie niemals vergessen.

Sie hob die Ritterfigur hoch. Kein Zweifel. Das gleiche Gesicht. Die Statue lachte sie an.

Eine andere Frage war wichtiger als die Frage, wo sie sich hier befand.

»Warum macht mir dieser Satz so viel Angst?«, wollte sie wissen.

»Sprich ihn aus«, sagte der Mann.

Kristin spürte die aufkeimende Panik.

»Nein«, stieß sie hervor, »nein, ich kann das nicht!«

Eine Bewegung. Hecheln, Wärme. Eine freundliche Zunge an ihrer Hand. Der Hund stand neben ihr. Kristin legte ihm die Hand auf das seidige Fell, und die Angst verschwand.

Sie schluckte.

»Im Herzen ist …« begann sie.

Der Mann nickte ihr auffordernd zu.

Aber sie konnte den Satz einfach nicht vollenden. Immer wieder sagte sie die drei ersten Wörter und kam nicht weiter. Es lag ihr auf der Zunge, aber das fehlende Wort wollte ihr nicht einfallen.

Der Mann nickte. Anscheinend hatte er das erwartet.

»Warum kann ich es nicht sagen?«, fragte sie ihn. »Der Satz hat mir so viel Angst gemacht, aber ich habe jetzt gar keine Angst mehr, ich erinnere mich nur nicht mehr an das letzte Wort.«

»Weil es falsch ist«, erklärte der Mann, und sein lapislazuliblauer Blick hielt ihren ganz fest. »Das letzte Wort stimmt nicht. Der Satz ist ein Code, ein Schlüssel zu deiner Vergangenheit. Deine Jäger wollten den Code herausfinden, aber du hast ihnen widerstanden. Und nun versuche, dich zu erinnern, wie das richtige Wort heißt. Damit du das Tor in deinem Inneren öffnen kannst.«

Kristin lächelte versonnen.

Eine geheimnisvolle Figur und ein Code. Ein Mann mit lapislazuliblauen Augen und einem sonnenhellen Lächeln. Ein wunderbarer, seltsamer Ort. Sie fühlte sich schwebend leicht. Sie konzentrierte sich.

»Wenn ich den Satz vervollständigen kann, weiß ich, wo ich bin«, murmelte sie langsam. »Ich war schon einmal hier, nicht wahr?«

Und als er nickte, fuhr sie ermutigt fort: »Dieser Ort ist eine Zuflucht für jene, die sich in der richtigen Welt verlieren. Ein Ort, der seit Jahrtausenden existiert, aber aus der Realität schon lange verschwunden ist. Hierher kann man nur gelangen, wenn man dafür auserwählt wurde.«

Sie hob die Figur und deutete auf die rote Rüstung: »Frank hatte recht: Dieses Material gibt es nirgendwo anders als hier. Man nennt es *Oreichalkos*. Es schützt den Träger und verleiht ihm Unsterblichkeit.«

Der Mann verneigte sich vor ihr. Seine Augen funkelten.

»Die Auserwählten erhalten den Code und einen Begleiter«, vervollständigte er.

Kristin schoss ein Name durch den Kopf.

»Du bist Rulyn«, sagte sie und lauschte dem Klang des Wortes nach. Es war so unvorstellbar richtig, dass es ihr einen Jubelschrei entlockte. »Du bist mein Begleiter!«

Jetzt hatte sein Lächeln eine neue Dimension. Es war wehmütig und zärtlich zugleich. Er antwortete nicht, sondern nickte nur.

Sie wusste es wieder. Sie kniete sich nieder und umarmte den Hund – solche Wesen nannte man hier *Furchtfresser*. Sie waren dazu da, den Auserwählten ihre Ängste zu nehmen. Er war damals schon hier gewesen, als sie das Land zum ersten Mal besuchte. Er hieß Arkos. Das war Altgriechisch und bedeutete *Bär*.

Sie nahm Rulyns Hand.

»Diesmal gehe ich nicht mehr fort«, sagte sie.

»Versprich es mir«, antwortete Rulyn. »Du hast mir gefehlt.«

Er küsste sie auf die Lippen.

Sie spürte die Drehung der Welt. Vögel mit gläsernen Schwingen flirrten über ihnen. Die Sonne zerbarst am Himmel, Galaxien explodierten.

»Im Herzen ist Atlantis«, sagte Kristin.

Der Grund zu ihren Füßen bebte, zitterte und zuckte. Sie sanken in den Sand, gruben die Finger hinein. Der Rhythmus des Bodens floss durch Kristins Haut, erreichte ihr Herz. Es setzte aus – und dann durchströmte ihren Körper nur noch ein einziger Puls: der Herzschlag von Atlantis.

Das Cromwell-Haus

Das Klingeln meines Smartphones weckte mich aus einem Albtraum. Ein Blick auf das Display: null Uhr achtundvierzig. »Spreche ich mit Miss Lisa Cromwell? – Entschuldigen Sie die nächtliche Störung. Hier ist das St. Thomas' Hospital. Es tut mir sehr leid, Ihnen mitteilen zu müssen, dass Ihre Mutter soeben mit einem Herzinfarkt eingeliefert worden ist. Wir gehen aber davon aus, dass sie sich wieder erholen wird.«

Die Stimme am anderen Ende der Leitung wurde schwächer, undeutlich, ich konnte nichts mehr verstehen. Da war ein Rauschen, immer lauter. In diesem Rauschen hörte ich eine andere Stimme. *Eliza.* War die Temperatur im Raum gefallen? Meine Zähne schlugen aufeinander.

»Hallo? Miss Cromwell? Alles in Ordnung?«

Nein. Gar nichts war in Ordnung. Ich kam wieder zu mir und merkte, wie krampfhaft ich mein Smartphone umklammert hielt. Am unteren Rand hatte sich ein Sprung im Glas gebildet. Meine Hände waren schweißnass.

»Ja, ja, ich höre Sie. Ich mache mich auf den Weg.«

Wie betäubt packte ich meine Tasche, dunkle Bilder vor meinen Augen. Ein altes Haus voller Schatten, das selbst im Sommer niemals warm wurde, mit dem Geruch vergangener Jahrhunderte in den Zimmern, die Stille erfüllt mit unerklärlichen Geräuschen. *Das Holz arbeitet*, sagten meine Eltern. Ich wusste es besser. Flackerndes Kerzenlicht, wehende Gardinen hinter geschlossenen Fenstern. Und wieder die Kälte und die Stimme im Rauschen. Ich verschränkte meine Hände ineinander, damit sie zu zittern aufhörten.

Um fünf Uhr morgens hielt mein Zug in der St. Pancras Station. Ein Cab brachte mich in die Exhibition Road im Londoner Stadtteil Kensington. Im Vorbeifahren sah ich die Silhouette des Albert Memorial im Hyde Park. Ich spürte die Kälte des Hauses, bevor ich es sah.

Die Morgendämmerung war noch nicht angebrochen. Hinter dem schwarzen Stabzaun ragte die viktorianische Villa auf, in der ich geboren war, die Fenster wie Blicke auf mich gerichtet. Im Garten stand das vergoldete Denkmal des Hausgründers Scott Cromwell. Er hatte die Villa Ende des 19. Jahrhunderts erbauen lassen. Ich wusste nicht viel über ihn, außer dass er Arzt und mein Ururgroßonkel gewesen war. Das mitleidlose Gesicht der Statue hatte mir immer Angst gemacht, es kam mir schon als Kind so vor, als würden die goldenen Augen mich wahrnehmen. Auf der Marmorplatte stand Cromwells Wahlspruch: »Meine Wurzeln reichen in die Ewigkeit«.

Der wilde Wein, der an der Hausfront hochwucherte, schien sich im Licht der Straßenbeleuchtung rhythmisch zu bewegen. Ich wickelte mich enger in meine Jacke.

Warum war ich nicht zuerst ins Krankenhaus gefahren?

Ich riss mich zusammen. Ich hatte das Haus vor zehn Jahren hinter mir gelassen. Ich war eine erwachsene Frau, nicht mehr das Mädchen von damals.

Ich ging die Steintreppe zu der mit Holzschnitzereien versehenen Eingangstür hinauf und steckte den Schlüssel ins Schloss. Er hakte. Ich zog ihn heraus, versuchte es erneut, während mir der Schweiß ausbrach.

Noch kannst du fliehen. In dem Augenblick, als ich den Schlüssel abziehen und die Stufen hinunterrennen wollte, öffnete sich die Tür. Es riss mich nach vorn – ins Innere.

Ich zerbiss den Schrei und hielt mich am Türrahmen fest.

Die Dunkelheit klaffte wie ein schwarzes Maul. Ich spürte einen Rhythmus unter meinen Fußsohlen – das Gefühl, dass das Haus atmete. So stark hatte ich es noch nie empfunden. Ich tastete nach dem Lichtschalter neben dem Eingang. Ein trockenes Klicken ertönte und die Diele wurde vom schummrigen Licht einer alten, langsam startenden Energiesparbirne beleuchtet.

Viel zu dunkel.

Mein Hals fühlte sich an wie Schleifpapier. Ich holte tief Luft, trat ein, schloss die Tür betont langsam hinter mir. In der Dunkelheit war das Haus lebendig. Ich gierte nach Licht.

Aus der Dämmerung schälte sich die Eingangshalle mit dem Treppenaufgang. Ein monumentaler Marmorbau, der breit in den ersten Stock führte und sich dort rechts und links in sacht geschwungene schmalere Aufgänge verzweigte. Wie weibliche Geschlechtsorgane – die Treppe eine Gebärmutter, von der an beiden Seiten die Eierstöcke abgingen. Ein riesiger Brutkasten.

Mein Herz schlug arhythmisch.

Die Energiesparlampe war auf dem Höhepunkt ihrer Leuchtkraft angekommen. Es reichte nicht, um mich zu beruhigen, trotzdem ging ich in die Diele hinein. Meine Tasche fiel mir aus der Hand und landete mit einem matschigen Geräusch auf dem Boden. Hinter dem Säuleneingang zum Treppenhaus wartete der nächste Lichtschalter. Noch fünf Schritte, vier, drei …

Die Kälte kam, als ich die Hand ausstreckte. Sie strich über meine Wangen, meinen Nacken. Ich sah meinen Atem in der Luft. Die Temperatur war um runde zehn Grad gesunken.

Von der Galerie schwebte ein goldenes Licht auf mich zu. Seine Konturen waren unscharf, es flimmerte wie ein Stern hinter Wolken.

Du wärst besser nicht zurückgekehrt.

Glockenhelles Lachen, das von überall her kam.

Eine eiskalte Berührung an meiner Stirn. Ich schrie auf, drehte mich um und rannte hinaus.

o

Ich saß bei meiner Mutter am Krankenbett. Das Zimmer war ein Albtraum in Weiß: weiße Raufaser, weiße Rollos, weiße Bettwäsche, weißer Tisch, weiße Lampenverkleidungen. Ich hielt den Blick auf den schleimgrünen PVC-Fußboden gesenkt. Das gleichmäßige Piepen des Herzmonitors wirkte einschläfernd.

»Lissy, du musst wieder fort ...«

Ich sprang so hektisch hoch, dass mein Stuhl polternd umfiel.

Meine Mutter starrte mit leerem Blick zur Decke.

Ich ballte die Hände zu Fäusten, um das Zittern in den Griff zu bekommen, und beugte mich über sie.

»Mum? Hörst du mich?«

»Lissy, *er* wartet auf dich ...«

Ich stellte den Stuhl wieder hin und zog ihn ans Bett. Ich strich meiner Mutter über die Stirn, sie war eiskalt.

»Mum, rede mit mir. Wen meinst du? Brian?«

Ihr Blick richtete sich auf mich. Sie riss die Augen weit auf. Der Herzmonitor gab Alarm. Sie wimmerte.

»Lissy. Er will *dich* ... Deine Wurzeln ... sind hier ...«

Ich musste mich zusammenreißen, um ihre Hände in meine zu nehmen. Sie fühlten sich an, als sei alles Leben lange aus ihnen gewichen.

Die Kälte kroch in mein Innerstes. Ich presste die Lippen zusammen.

»Mum, das ist doch Unsinn. Brian würde mir nie etwas tun.«

Das Gesicht meiner Mutter veränderte sich in namenloser Angst. Tränen liefen über ihre Wangen. Die Schwester stürmte ins Zimmer, um zu sehen, was den Alarm ausgelöst hatte.

o

Als ich zum Haus zurückkam, war es bereits wieder dunkel. Ich war so wütend, dass es mir egal war. *Sie* hatte das mit meiner Mutter gemacht, ich war sicher. Ich schloss die Tür auf, betätigte den Lichtschalter. Trat ein, bevor die Energiesparlampe ihre volle Leuchtkraft entfaltet hatte. Das würde meine erste Nacht seit zehn Jahren in *diesem* Haus sein. Und ich würde sie überstehen.

Ich wartete auf die Kälte, während ich die geschwungene Treppe hinaufging, aber sie kam nicht. Ich öffnete alle Türen, machte überall das Licht an. Es würde nicht helfen, aber es war tröstlich.

Mein Zimmer war unverändert. Boygroup- und Pferdeposter an der Wand, die gerahmte Autogrammkarte von Robert Pattinson daneben. Der Basketballpokal. Ganz normal. So wie bei jedem Teenager. Heile Welt, nach außen hin. In Wahrheit hatte ich ausbrechen müssen, weil ich die Kälte in diesem Haus nicht mehr ertrug. Weil *sie* immer böser wurde.

Ich packte meine Sachen aus. Erst nach einer Weile merkte ich, dass es dunkler geworden war. Die Deckenleuchte und die Nachttischlampe brannten nach wie vor, aber ihr Licht erhellte das Zimmer kaum noch.

Ich drehte mich um. Hinter mir ein weißer Streif. Und die Kälte kam, zog mich in eine erstickende Umarmung.

»Geh weg. Geh weg!«

Mein Atem löste sich in Dampfwölkchen von meinem Mund. Der Nebelstreif bewegte sich langsam auf mich zu, seine Konturen verschwammen, nahmen mehr und mehr menschliche Gestalt an.

Das Gesicht einer jungen Frau. Schüttelfrost überfiel mich.

»Es reicht jetzt, du machst mir keine Angst«, keuchte ich.

Ihr glockenhelles Gelächter, körperlos. Die durchscheinende Gestalt hatte mich erreicht. Ihre Kälte lähmte mich.

Eine weiße Hand durchdrang mein Gesicht, erfüllte meinen Mund mit einem dumpfen Geschmack. Bläuliche Funken sprühten zwischen den Fingern, wo sie meine Haut berührten. Sie war so stark geworden. Je älter ich wurde, desto mehr hatte sie mir mein Leben geneidet – hatte sie jetzt die Kraft, es mir zu nehmen?

Ein Geräusch riss mich aus der nahenden Bewusstlosigkeit. Der Türgong. Die Nebelhand verschwand, Wärme strömte in den Raum. Die Lampen brannten wieder.

Noch einmal der Westminsterschlag.

Meine Beine trugen mich kaum die Treppe hinunter.

Ich öffnete die Tür und schrak zurück. Brian sah genauso aus wie vor zehn Jahren, dabei war er wie ich Ende zwanzig. Nur der Teenieflaum um sein Kinn war durch einen echten Dreitagebart ersetzt worden.

»Hallo, Lissy.«

Meine Stimme gehorchte mir nicht. Ich trat zur Seite und ließ ihn in die Diele. Er redete und redete.

»Die Nachbarin hat mich angerufen und mir das von deiner Mutter erzählt. Sie sagte auch, du seist heute Morgen zurückgekommen. Das musste ich selbst sehen. – Wie fühlt sich das an, Lissy, zurückgekehrt zu sein zu deinen Wurzeln? Ich hätte nie geglaubt, dass das passieren würde. Wirst du mir jetzt erklären, was damals geschehen ist?«

Brian funkelte mich wütend an. Er wirkte unkontrolliert. Hatte meine Mutter recht mit ihren Vermutungen? Aber ich verstand ihn. Zorn war eine normale Reaktion darauf, wenn man jemanden nach drei Jahren Beziehung verließ und in eine fünfhundert Kilometer entfernte Stadt zog. Ohne einen Abschied, ohne ein Wort der Erklärung.

»Komm rein, Brian.«

Er folgte mir durch das Halbdunkel hinauf in die Bibliothek. Der riesige, vier Meter hohe Raum roch staubig nach den alten Büchern, die in Mahagoniregalen bis zur Decke gestapelt waren. Ich betätigte jeden einzelnen Lichtschalter, aber alles blieb dunkel.

»Warum sind wir hier reingegangen?« Brian fröstelte. Im Gegensatz zu mir begriff er den Grund nicht. »Im Wohnzimmer ist es doch viel angenehmer.«

Aber das Wohnzimmer war *ihr* Reich. Hier war ihre Präsenz am größten. Und sie spielte so gern Klavier. Ich hörte, wie sie fern einen Akkord anschlug. Brian schien nichts wahrzunehmen.

Ich zog mein Feuerzeug aus der Tasche und entzündete die Kerzen in dem großen Standleuchter. Ungewisses Licht erfüllte den Raum. Schatten lauerten.

»Setz dich.«

Ich deutete auf den großen Ohrensessel vor dem erloschenen Kamin. Brian ließ sich trotzig hineinfallen. Die Federn quietschten.

»Ich will endlich wissen, warum du damals gegangen bist, Lissy. Bis dahin hatte ich geglaubt, dass zwischen uns – etwas Besonderes wäre.«

Ich zog mir den Fußschemel heran und hockte mich darauf. In meinem Nacken spürte ich einen eiskalten Hauch. *Sie.* Ich sah meinen Atem in der Luft. Brian bemerkte immer noch nichts.

»Falls es einen Grund gab – würde ich ihn gern verstehen. Ich möchte einfach nur, dass du mir sagst, warum du gegangen bist.«

Die Temperatur im Raum sank weiter.

»Hast du hier keine Heizung an? Es ist so …«

Die Kerzen flackerten und erloschen. Brian riss die Augen auf und starrte auf einen Punkt über meiner Schulter. Das goldene Licht schwebte vor dem rechten Bücherregal.

Brian stemmte die Arme auf die Sessellehnen und hievte sich langsam hoch. Er ließ das Licht nicht aus den Augen.

»Was, um alles in der Welt, ist das, Lissy?«

Er sah sie, obwohl er sie nie zuvor bemerkt hatte. Und natürlich war er ein Feigling. Er würde weglaufen, wie alle anderen, die sie sahen – außer mir.

Weiße Wolken bildeten sich stoßweise vor unseren Mündern. Brian stand da wie paralysiert, in seinem Gesicht zuckte es. Das goldene Leuchten flackerte, schwebte näher an ihn heran, berührte seine Stirn. Er schrie auf und wich zurück.

»Herrgott im Himmel, was geht hier vor?«

Ich antwortete nicht. Ich war zu neugierig, wie er auf sie reagierte. Ich spürte ihre Energie als Elektrizität auf der Haut. All diese vermeintlichen Realisten, die behaupteten, es gäbe keine Geister … Was wussten die schon.

Speichel lief über Brians Kinn, seine Nasenflügel blähten sich. Ich trat einen Schritt vor, legte ihm die Hand über die Augen. Es war genug. Das goldene Licht schwebte höher, zitterte zornig unter dem Kristalllüster.

»Geh, Brian. Wir können uns morgen im Krankenhaus treffen, wenn es unbedingt sein muss.«

Brian starrte mich fassungslos an.

Als er einen Schritt zur Tür machte, bauschten sich die Vorhänge vor den geschlossenen Fenstern, flatterten in den Raum hinein. Brian schrie auf.

»Das ist ein gottverdammtes Spukhaus! Wir müssen hier raus, Lissy!«

Der Hocker, auf dem ich gesessen hatte, wurde quer durch den Raum katapultiert. Er schlug an einem der Bücherregale auf, eine Handvoll Bücher stürzte polternd auf das Parkett. Brians Lehnstuhl kippte um. Der Kerzenleuchter hob sich vom Boden, schwebte auf Augenhöhe in der Luft, richtete sich gegen unsere Köpfe.

»Raus hier! Lissy, raus hier!«

Brian zerrte mich mit sich.

Der Kerzenleuchter flog hinter uns her, streifte meine Schläfe. Ich fühlte Blut aus einer Platzwunde herunterrinnen. Und dann schwang der Leuchter gegen Brians Kopf. Ein dumpfes Knirschen. Brian gab keinen Laut von sich, kippte wie ein gefällter Baum um. Das Haus erzitterte, als das Geheul losbrach, es war nicht menschlich, und es verfolgte mich auf meinem ganzen Weg nach draußen.

o

Ich war ins Krankenhaus geflüchtet. Der Nachtportier hatte nur einen Blick auf mein Gesicht geworfen und dann den Türöffner betätigt. Nun saß ich erneut am Krankenbett.

In meinem Kopf drehte es sich: Sie hatte Brian getötet.

Für ihn gab es keine Hilfe mehr. Im Wegrennen hatte ich seinen deformierten Kopf und die Blutlache unter seinem Körper gesehen.

Ich schaute in das erstarrte Gesicht meiner Mutter. Sie schlief. Der Monitor piepste gleichmäßig. Ich sank in meinen Stuhl zurück. Ich empfand nichts, ich war nur so unendlich müde.

Das Gefühl von Kälte riss mich aus dem Halbschlaf. Das Licht im Zimmer hatte sich verdunkelt, ich hörte den Herzmonitor nicht mehr. Dampfwolken meines Atems in der Luft. *Sie* kam.

Das war nicht möglich. Sie hatte das Haus und den Garten nie verlassen können. Sie war an diesen Ort gebunden. Deshalb hatte ich mich immer sicher gefühlt – ich konnte einfach auf die Straße laufen, wenn es zu schlimm wurde.

Der Kopf meiner Mutter begann, hin und her zu schlagen. Erst langsam, dann immer rascher. Ihre Augen öffneten sich, waren milchig weiß.

Ich wollte aufspringen, aber meine Beine gehorchten mir nicht.

»*Er* macht das alles ... weil du dort geboren bist ... Flieh, Lissy ...«

Die Stimme meiner Mutter ging in ein Röcheln über. Ihr Kopf schlug immer schneller hin und her. Ich hörte die Nackenwirbel knirschen. Mir war übel vor Angst.

»Eliza! Lass sie in Ruhe!«

Sie war ein Monster geworden – sie tötete Menschen ...

Ich wollte schreien, aber ich konnte nicht. Meine Lungen drohten, zu platzen.

Der Körper meiner Mutter auf dem Bett bäumte sich auf und zuckte. Ihr Gesicht wurde blau, sie röchelte und schlug mit den Armen. Ich wollte mich über sie werfen, doch ich konnte mich nicht bewegen. Warum schrillte der Alarm nicht los? Erst als auf dem Herzmonitor nur noch eine gerade Linie zu sehen war, gehorchte mir mein Körper wieder. Ich presste mir die Hände auf die Ohren, sackte zusammen, wand mich auf dem Fußboden. Ich schrie und schrie.

o

Auf einer Untersuchungsliege kam ich wieder zu mir. Ein Arzt beugte sich über mich.

»Hallo, Miss Cromwell? Verstehen Sie mich? Wie geht es Ihnen?«

Jeder Schlag meines Herzens pumpte roten Schmerz durch meine Adern.

»Was ist mit meiner Mutter?«

Er zögerte.

»Ihre Mutter hatte einen schweren Krampfanfall. Es tut mir leid – aber sie ist tot.«

Einen Krampfanfall. So sah es für ihn aus.

Eliza war gefährlich geworden. Ich musste mich ihr stellen, bevor noch mehr geschah.

»Ich möchte nach Hause.«

Der Arzt sah mich verständnisvoll an.

»Wenn Sie sich kräftig genug fühlen – von mir aus gibt es keine Einwände.«

Es war wieder dunkel, als ich das Krankenhaus verließ. Ich hatte jedes Zeitgefühl verloren. Meine Armbanduhr zeigte kurz vor drei an. Die dunkelste Stunde.

Ich kämpfte die Panik nieder, als ich die Haustür aufschloss. Kein einziger Lichtschalter funktionierte. Ich fand eine Taschenlampe im Dielenschrank und tastete mich hinauf in die Bibliothek. Brians Körper lag noch genauso da wie vorher, nur die Blutlache hatte sich inzwischen weit über das Parkett ausgebreitet. Der Eisengeruch ließ Übelkeit in mir aufsteigen.

Über die dunkle Galerie ging ich bis zur doppelflügligen Tür des Wohnzimmers. Auf dem dunkelroten Mahagoni hatten sich Eiskristalle gebildet, die im Licht der LED-Lampe funkelten. Ich konnte meine Hand kaum von der gefrorenen Türklinke lösen. Unter dem Türspalt leckten Schatten über meine Schuhe. *Sie* war hier.

Im Kamin brannte ein blutrotes Feuer, Funken sprühten auf, als ich eintrat.

Das Licht der Taschenlampe wanderte über den Flügel, auf dem zahllose goldgerahmte Familienfotos standen. Kinderbilder von mir. Auf jedem Foto hinter mir ein Schatten. Sie hatte es geliebt, vor der

Kamera zu posieren. Meine Mutter hatte die Schatten auch gesehen, und es hatte ihr Angst gemacht.

Auf dem Flügel wurde eine Dissonanz angeschlagen.

Du irrst dich mit allem. Dreh dich um und sieh genau hin.

Ich gehorchte. An der dem Kamin gegenüberliegenden Wand hing der Familienstammbaum, ein riesiges Gemälde, das eine Eiche mit verzweigten Namenstafeln zeigte. Man konnte die Ahnenlinie weit zurückverfolgen. Ich hatte das Bild schon hunderte Male angeschaut. Wie immer blieb mein Blick an derselben Tafel hängen.

Eliza Cromwell. 23. September 1881 – 14. November 1897

o

Als ich sechs Jahre alt war, schickte sie mir zum ersten Mal die Träume.

In einem sah ich Eliza sterben. Sie lag in dem Zimmer, das nun mir gehörte. Ihr Gesicht war wächsern weiß, die weit aufgerissenen Augen flehten um Hilfe. Fieber und Husten schüttelten sie. Durch das halb geöffnete Zimmerfenster wehten Schneeflocken auf ihre Bettdecke. Sie war ganz allein, niemand kümmerte sich um sie. Auch nicht ihr Vater, Scott Cromwell, der Arzt und Erbauer des Hauses. In der dunkelsten Stunde dieser Nacht endete Eliza Cromwells kurzes Leben.

Dann lichtete sich die Finsternis. Eliza erwachte aus ihrem Todesschlaf in einer Bombennacht des Zweiten Weltkriegs. Vom Fenster sah ich durch ihre Augen die grellen Blitze der Detonationen und hörte das Heulen der Sirenen. Von dieser Nacht an wanderte Elizas Geist durch das Cromwell-Haus.

Ich war an ihrem Todestag in diesem Haus geboren. Vielleicht machte sie mir deshalb so wenig Angst. Das seltsame Gefühl, beobachtet zu werden, die Geräusche, die unerklärliche Kälte, die meine Eltern oft schaudern ließen, störten mich als Kind nicht. Eliza kam zu mir, mal als goldenes Licht, mal als Nebelgestalt. Ich freute mich daran. Erst in der Pubertät bekam ich einen Eindruck von der Gefahr, in der ich schwebte, denn indem ich ihr Zugang zu meinem Bewusstsein gewährte, gab ich ihr Kontrolle über meinen Körper. Ich begann, zu schlafwandeln. Nach einem nächtlichen Sturz sicherten meine Eltern alle Fenster. Doch es wurde immer schlimmer. Oft erwachte ich morgens zitternd vor der Statue im Garten.

Ich fragte Eliza nach dem Grund, bekam aber nur ihr glockenhelles Lachen zur Antwort.

Ich war mir sicher: Sie wollte wieder ein Mensch sein und brauchte dazu meinen Körper.

Als ich achtzehn wurde, floh ich.

o

Das goldene Licht war wieder da, es schwebte über dem Kamin. Ich hatte mich noch nie so vor ihr gefürchtet wie jetzt.

Du irrst dich, Lissy.

Warum sagte sie das immer wieder?

Auf der Galerie begannen die Türen, zu schlagen. Ich hörte schwere Schritte auf der Treppe. Mein Herz stolperte.

Die Tür flog krachend gegen die Wand. Dunkelheit strömte ins Zimmer. Mit der Dunkelheit kam eine Gestalt. Brian.

Sein Gesicht war schief von dem Schlag, das rechte Ohr hing auf der Schulter. Durch das Loch in seinem Schädel sah ich Blut und Gehirnmasse. Er beugte sich zu mir herunter. Als er lächelte, hörte ich das Schaben seiner zerschmetterten Wangenknochen. Seine Hände tasteten nach meinem Hals. Ich schlug und trat nach ihm, aber seine Umklammerung war unlösbar. Er zerrte mich die Treppe hinunter, durch die Gartentür. Schneidend kalte Herbstluft schlug mir entgegen. Die Nacht umschlang mich mit Tentakeln.

Die Straßenbeleuchtung drang nicht unter das Blätterdach der Birken. Von der Straße kein Laut. Hatte die Zeit angehalten?

Mir wurde schwindlig. Jahrhunderte drehten sich in meinem Kopf. Ich hörte das Haus atmen.

Kälte und Dunkelheit legten sich um mein Bewusstsein. Brian schob mich zum Denkmal, die Stufen hinauf, zwischen den Puttenfiguren hindurch, auf das Podest. Ich stand Scott Cromwell gegenüber. Die goldene Statue bewegte sich, eine harte Hand tastete nach meiner Schulter.

Seine Augen sahen mich an.

Koooooooooooooomm ...

Eine Stimme, so schwarz wie die Hölle.

Ich schrie auf. »*Er* wartet auf dich!« Endlich verstand ich. Meine Mutter hatte Cromwell gemeint! Brians Hände umklammerten meine Kehle, er schob mich auf den Abgrund zu. Der Tod war ganz nah.

Elizas Licht schoss heran und schlug Funken gegen Brians Stirn. Seine Finger lockerten sich, ich stieß ihn mit aller Kraft zurück. Er stürzte vom Podest auf den Rasen, seine Wirbelsäule brach knackend. Unnatürlich verdreht lag er dort unten. Das Haus heulte auf, die Statue erstarrte wieder.

Schau dir das Bild richtig an, sagte Elizas Stimme in meinem Kopf.

Ich sprang die Stufen hinunter und rannte zur Gartentür.

Die Ranken des wilden Weins streckten sich mir entgegen, schlangen sich um meine Handgelenke und versuchten, mich zurück zu reißen. Elizas Licht berührte sie, Funken sprühten auf. Das Haus stieß einen dumpfen Laut aus.

Die Gartentür begann, sich zu schließen, ich zerriss meinen Pullover, als ich mich durch den Spalt ins Innere drängte. Die Finsternis griff nach mir, aber Elizas goldenes Licht drängte sie zurück.

Das Gemälde über dem Kamin leuchtete gegen die Dämmerung an. Endlich sah ich die Tafel. Das hatte mir Eliza die ganze Zeit zeigen wollen.

Scott Cromwell, 6. Juli 1856 – 29. Dezember 1940

o

»Meine Wurzeln reichen in die Ewigkeit«. Das war nicht einfach nur ein Spruch auf einer Gedenktafel.

Scott Cromwells Todestag am 29. Dezember 1940 war die Bombennacht gewesen, in der Eliza aus dem Todesschlaf aufgewacht war. Doch der Zeitpunkt war kein Zufall.

Ich hörte ihre Stimme in meinen Gedanken, während die Kälte in meinem Nacken mir ihre Nähe verriet.

Mit dem Tod meines Vaters begann das Haus, zu leben, und ich auch, weil ein Teil von mir hier zurückgeblieben war. Ich war immer nur ein kleiner Zweig an diesem Baum des Todes.

Nicht Eliza, sondern ihr Vater war für Brians und den Tod meiner Mutter verantwortlich. Der Grund war einfach. Meine Mutter hatte den Spuk durchschaut und versucht, mich zu warnen. Sie und Brian hatten mich aus dem Haus bringen wollen.

Scott Cromwell plante, auch mich zu töten.

Dumpfes Grollen ertönte, die Luft wurde zu dick zum Atmen. Die Holzvertäfelung über dem Kamin brach auf. Zuerst glaubte ich, es seien Reiskörner, die mir ins Gesicht prasselten, doch dann sah ich, dass es Fingernägel und Haarbüschel waren. Armdickes Wurzelwerk war damit gespickt, es verzweigte sich durch die Wände des Hauses.

Irgendwo hatte ich davon gelesen. Es war eine Art Voodoo. Cromwell hatte damit seinen Geist an das Haus gebunden.

Schleifende Schritte vor der Tür. Brian stand im Eingang, sein Kopf baumelte lose über der rechten Schulter, die toten Augen schauten mich an. Er richtete den Kerzenleuchter auf mich.

Elizas Licht wurde blendend hell, mit einem Energiestoß warf sie Brian zurück. Der Leuchter zischte einen Millimeter an meinem Kopf vorbei.

Eliza stürzte sich in die Flammen im Kamin. Funken sprühten meterhoch auf, griffen nach dem Holz der Kaminvertäfelung, der trockenen Strukturtapete, erfassten die Gardinen, glühten wie Sterne an einem Nachthimmel, explodierten. Die Flammen leckten am Flügel hoch, schwärzten die goldenen Rahmen der Fotos.

Brian taumelte auf mich zu. Eliza schleuderte ihm eine Feuersalve entgegen, die sich in seinem Gesicht festfraß. Sein Schrei wandelte sich zu einem Röhren, das Haus erzitterte. Mit einem Zischen löste sich sein Körper auf.

»Eliza, wie kann ich das beenden?«

Du musst ihn zerstören.

Das Haus brummte und dröhnte. Vom Fenster sah ich, wie die Vibrationen den Rasen aufbrechen ließen, glühenden Adern gleich führten Wurzeln vom Haus zum Denkmal.

Cromwell hatte nicht nur seine Haare und Fingernägel ins Mauerwerk des Hauses gesteckt. Er lag unter der Statue begraben.

Ich rannte zum Geräteschuppen im Garten, packte Spaten und Hacke. Die oberen Stockwerke des Hauses hatten Feuer gefangen. Flammen schlugen aus den Fenstern und spendeten mir Licht. Gleichzeitig wurde Elizas Leuchten schwächer.

Adrenalin pumpte durch meinen Körper, während ich die Erde vor dem Denkmal aufgrub. Wütend hackte ich auf das ölig schwarze Wurzelwerk ein. Es war matschig und stank nach Verwesung. Das Haus schrie, die Ranken des wilden Weins fanden mich und schlangen sich um meinen Körper. Elizas Energie löste sie erneut, aber ich spürte, dass sie kaum noch Kraft hatte.

Ich musste mich beeilen. Halb besinnungslos wühlte ich in der Grube, der Schweiß tropfte von meinem Gesicht in die Erde. Die Wurzeln reckten sich danach, sogen jeden Tropfen begierig auf.

Der Spaten traf dumpf auf Holz. Ich sah im Feuerschein des brennenden Hauses die Umrisse eines Sarges. Ich zerhackte die Wurzeln, die sich durch den Deckel wanden, und riss ihn hoch.

Der Leichnam Scott Cromwells lag ausgezehrt und madenweiß in der schwarzen Erde. Sein Brustkorb hob und senkte sich im Rhythmus des Hauses. Die Wurzeln steckten in seinem Leib, sogen daran wie ein Baby an der Brust. Es war nicht mehr viel von ihm übrig. Er brauchte einen neuen Körper als Nahrung für sein Haus – mich. Wie Eliza war ich ein Teil davon, denn ich war hier geboren worden. Ich erbrach meinen Mageninhalt in die ölige Erde, Wurzeln machten sich schmatzend darüber her.

Zwischen dem armdicken Wurzelwerk öffneten sich Cromwells weiße Augen und sahen mich an. Das Haus brüllte.

Koooooomm, kooooooomm …

Die Weinranken packten mich und stießen mich in die Grube. Ich landete auf dem stinkenden Körper, glitschige Finger drückten mir die Luftröhre zu. Schwarze Punkte flackerten vor meinen Augen.

Meine Hände fanden die Hacke und ich stieß sie mit letzter Kraft in Cromwells Schädel.

o

Ich erwachte von glühendem Schmerz, der sich durch meinen Körper fraß. Ich blinzelte durch meine aufgeschwollenen Lider, atmete stinkenden Qualm. Ich lebte noch. Das Dunkel lichtete sich, ich lag vor dem Denkmal auf dem Rasen, um mich herum aufgesprengtes Wurzelwerk und fettige Erde. Die Hacke hatte Cromwells Kopf bis zum Kinn gespalten. Der Leichnam im Grab war schwarz verkohlt, er atmete nicht mehr.

Ich konnte nicht lange bewusstlos gewesen sein, es war immer noch tiefe Nacht. Das Fauchen der Flammen wurde von näherkommendem Sirenengeheul übertönt.

Über mir schwebte Elizas Licht, es war kaum noch sichtbar.

»Du hast mich gerettet.«

Ihr glockenhelles Lachen war schon ganz weit weg.

Du warst immer meine Freundin.

Ihre Stimme wurde schwächer. Das goldene Licht löste sich auf. Sie war fast fort. Auf einmal war ich sehr traurig.

»Wirst du mich verlassen, Eliza?«

Ich spürte ein Lächeln und eine Berührung, hob den Blick in den sternenübersäten Himmel, in die Weite zwischen all den Lichtern. Meine Traurigkeit wich. Eliza war gegangen, in ihre Ewigkeit.

Die Welt retten

Die spiegelgläserne Stille zerbricht in tausend Stücke. »Hallo Papa! Papa, geh mal ran! Papa, es ist für dich!«
Ich höre die Kinderstimme klar und deutlich, wie sie die Worte ständig wiederholt. Ich stopfe mir den Ärmel meiner Regenjacke in den Mund, damit ich nicht schreie. Erst nach einem Augenblick begreife ich: Das, was ich höre, ist der Klingelton eines Handys, innerhalb der skelettierten Außenmauern eines ehemaligen Mehrfamilienhauses.

Der Schuttberg ist an dieser Stelle zwei Meter hoch. Schon als Kind konnte ich nicht gut klettern, und nun kommen auch noch mein Alter und mein Übergewicht dazu. Mühsam schaffe ich den Weg nach oben. Meine Jeans zerreißt am Oberschenkel, als ich mich über die zerbröckelte Frontmauer ins Innere des einstigen Hauses ziehe. Hektisch schaue ich mich um. Zu meinen Füßen eine schwarze Klaue.

Auf den zweiten Blick erkenne ich, dass es sich um einen Leichnam handelt. Bis zur Unkenntlichkeit verbrannt. Das Rufen des Kindes klingt jetzt näher. Ich räume die Steine von dem Toten, vermeide es, mir das zerstörte Gesicht genauer anzusehen. Unter der Leiche lugt ein weißes Smartphone heraus, das Display ist gesplittert, aber es leuchtet.

Ich brauche das Handy. Ich brauche Hilfe.

Ich bücke mich, halte mir die Nase zu. Unnötig, denn hier riecht überhaupt nichts. Kein Duft von Blumen oder Gras, kein Gestank von Verwesung und Vernichtung. Ich angle das Smartphone unter dem Toten hervor. Es rutscht mir aus den Fingern, und als ich hastig danach greife, drücke ich den Anruf weg. Der Klingelton verstummt. Die Stille will mich zerquetschen.

Ich stolpere ein paar Schritte rückwärts, falle gegen den Rest der linken Außenmauer. Ich wische mir zornig mit dem Handrücken über die Augen, zwinge die Hand mit dem Smartphone zur Ruhe. Vier Tage. Ein Wunder, dass der Akku noch nicht den Geist aufgegeben hat. Oder Schicksal?

Das Display schaltet in dem Moment ab, als ich die Symbole zu analysieren versuche. Warum, zum Teufel, habe ich an meinem Uralt-Klapphandy festgehalten, statt mir ein modernes Gerät zu kaufen? Meine Töchter haben mich immer ausgelacht.

»Du bist ein Fossil, Mama.«

Jetzt sitze ich hier, zwischen den Ruinen der Häuser meiner Stadt, empfange zum ersten Mal seit vier Tagen das Lebenszeichen eines anderen Menschen, und kann das Smartphone nicht bedienen.

Meine Tränen tropfen auf das Gerät.

Komm schon, Linchen. Reiß dich zusammen, alles wird gut. Du darfst dich nicht so hängenlassen.

Meine innere Stimme klingt wie die von Robert. Wenn Robert jetzt hier wäre ...

Ich ziehe die Nase hoch und wische mit dem Zeigefinger über das Display, wie ich es bei meinen Mädchen gesehen habe. Kein Resultat. Vielleicht ist es doch kaputt? Nicht aufgeben. Ich tippe darauf, schüttle es, hauche es an, schließlich lecke ich mit der Zunge darüber. Der Bildschirm wird hell. Ich habe schon von verschiedensten Bedienmethoden gehört, aber das ist neu. Ich entdecke das Telefonsymbol, lecke es an. Kontakte, Protokoll, Anrufe in Abwesenheit. Eine Nummer erscheint.

Der Anruf ist vom Festnetz gekommen. Kölner Vorwahl. Meine Geburtsstadt.

Ich beiße mir so fest auf die Lippen, dass ich Blut schmecke. Nicht weit entfernt ist noch jemand am Leben. Vielleicht gibt es dort Strom. Vielleicht gibt es Häuser, die keine Ruinen sind, Wärme, Nahrung, Menschen. Ich kämpfe das Hyperventilieren nieder, als ich die Wahlwiederholung betätige. Der Rufaufbau dauert endlos. Dann das Freizeichen. Meine Hände sind feucht, das Smartphone droht, mir zu entgleiten.

Warum dauert das so lang?

Das Freizeichen verstummt. Ein Knacken. Jemand hat den Anruf entgegengenommen.

»Hallo?« Meine Stimme bricht, ich setze erneut an. »Hallo? Wer ist da?«

Stille.

»Hallo?«

Ein hochfrequenter Ton lässt mich aufschreien, frisst sich durch mein Gehör bis ins Gehirn. Mein Kopf explodiert in rotem Schmerz. Genau wie während der Katastrophe. Das Handy entgleitet mir, schlägt knirschend auf den staubigen Ziegelsteinen auf und zerspringt in seine Bestandteile.

o

Das Zittern kommt nicht nur von der Angst. Ich kann mich nicht erinnern, dass mir jemals so kalt gewesen ist. Aber ich habe mich auch immer in die Geborgenheit eines Hauses zurückziehen können. Bevor es geschah, saß ich mit Robert auf der Terrasse. Wir tranken Kaffee. Es war ein wunderbarer warmer Spätsommertag, mit blauem Himmel, das Sonnenlicht auf meinen Armen. Ich weiß noch, dass ich zu Robert sagte: »Es wird ein wenig kühl, lass uns reingehen.« Und dann habe ich angefügt: »Hörst du auch dieses schrille Pfeifen?«

Das war das letzte Mal, dass ich Robert gesehen habe. Ein Blinzeln später war er fort, das trommelfellsprengende Kreischen ebbte ab, und ich stand allein inmitten von Trümmern. Ich lief durch ausgestorbene Straßen mit zerfallenden Häusern, vorbei an skelettierten Autos, an verkohlten Leichen. Es gab keine Detonation, keine Staubwolke, keine

Sirenen. Nur Stille. Bis zu dem Moment, als die Kinderstimme auf dem Handy nach Papa rief.

Ich kicke die Überreste des Smartphones mit den Füßen beiseite.

Nicht weinen. Das Leben geht eben nicht immer den einfachen Weg.

Es muss einen Grund geben, warum ich überlebt habe. Schwere Zeiten haben mich gelehrt, dass alles einen Sinn hat. Meine Depression, mein Selbstmordversuch, die Tage, die so schwer auf mir lasteten, dass ich es nicht aus dem Bett schaffte. Und nun diese Prüfung. Ich bin sicher: All das ist dazu da, von mir überwunden zu werden.

Komm schon, Linchen, lass dich nicht hängen. Bis hierhin hast du es geschafft, du schaffst es auch weiter.

Ach Robert.

Ich hülle mich entschlossen in meine Regenjacke. Nach Köln sind es sechzig Kilometer, mit dem Auto ein Katzensprung, aber auch zu schaffen, wenn ich laufe. Ich muss nur zur Autobahn gelangen. Ich packe meinen Rucksack mit so viel Vorräten, wie ich tragen kann.

o

Die Sachen habe ich vor zwei Tagen in einem weitgehend intakt gebliebenen Supermarkt entdeckt. Die frischen Lebensmittel waren alle pulverisiert, aber es gab ausreichend Dosen und Wasserflaschen, mit denen ich mich bevorratete. Geschlafen – wenn man das so nennen kann – habe ich in einem Schuppen auf einer schimmligen Couch. Nirgendwo Überlebende.

Ich begreife nicht, was geschehen ist. Das einzige Anzeichen war das furchtbare Schrillen, und dann war es vorbei. Nicht einmal eine Staubwolke. Auf einmal war alles verkohlt, zerfallen und zerbrochen.

Wäre es eine Bombe gewesen, hätte es eine Explosion geben müssen. Wenn es ein Virus war, warum sind dann die Häuser eingestürzt? Warum gibt es keinen Strom, kein Wasser, keine anderen Menschen mehr? Mein Klapphandy, das ich in der Jackentasche hatte, es ist seitdem tot, kein Netz, die Uhr- und Datumsanzeige stehengeblieben. Die Telefone, die Computer, die ich in den Ruinen gefunden habe, waren alle unbrauchbar. Ich kenne nichts, was eine solche Form der Zerstörung hervorrufen könnte.

o

Auf der Autobahn stehen die Autos quer. Ich finde einen Kleinwagen unbekannter Marke mit Automatik, wische die pulverisierten Überreste seines Fahrers vom Sitz und zwänge mich in den Innenraum. Joystick anstatt Lenkrad, blödes neumodisches Zeug. Seit zwanzig Jahren habe ich keinen Wagen mehr gesteuert, wegen meiner Antidepressiva, aber das kümmert jetzt wahrscheinlich niemanden. Ich suche den Zündschlüssel und finde ihn befremdlicherweise links unter der Lüftung. Der Wagen springt an. Ich gebe Gas, erst wenig, dann immer mehr. An manchen Stellen komme ich richtig gut voran. Köln. Wohin dort will ich genau?

Der Kölner Dom macht Sinn. Es ist am wahrscheinlichsten, dass sich die Überlebenden dort versammelt haben.

○

Ich bemerke es, als ich schon eine Weile unterwegs bin. Bis jetzt habe ich nur auf die Ruinen der Häuser rechts und links neben der Bahn geachtet. Nun fällt mein Blick auf einen Stahlträger mit riesigem blauem Richtungsweiser. Die 1 in weißem Viereck – so soll es sein.

Dann lese ich zweimal.

Kreuz *Coeln*-Nord.

Ich trete auf die Bremse.

Ich stoppe unter dem Stahlträger, auf dem sich die Schilder über beide Fahrbahnen spannen. Ich zweifle an meinem Verstand.

Kreuz *Coeln*-Nord. Auf dem rechten Schild über der Ausfahrt steht: C. - Niehl, Merkenich, Fühlingen.

Die Gedanken in meinem Kopf rasen wie auf der Achterbahn.

Seit wann schreibt sich Köln offiziell so? Eine neue Rechtschreibreform? Warum weiß ich davon nichts? Es muss doch darüber diskutiert worden sein. So eine Entscheidung köchelt erfahrungsgemäß jahrelang vor sich hin, wird durch alle Instanzen durchdiskutiert, ist ständiges Pressegespräch, Bürgerbegehren inklusive. Ist es möglich, dass ich das nicht mitbekommen habe?

Vielleicht wurde das Thema aufgebracht, als es mir ganz mies ging. Ich habe auch jetzt noch schlechte Tage, wo ich im Bett liegenbleibe, vielleicht habe ich es durch Zufall jedes Mal verpasst. Vielleicht hat Robert es mir auch nicht gesagt, weil er dachte, es würde mich aufregen. Ich bin in Köln geboren und aufgewachsen – vielleicht ...

Quatsch, sagt die innere Stimme in mir, und sie klingt nach wie vor wie Robert. *Quatsch, das hättest du mitkriegen müssen.*

Mit einem dumpfen Pochen hinter den Schläfen starte ich den Wagen wieder.

Bei Merkenich erreiche ich die Rheinbrücke.

Ich stoppe erneut und steige aus. Mein Herz schlägt arhythmisch.

Die Brücke sieht aus wie die Öresundbrücke. Der Rhein ist hier nicht, wie gewohnt, 500 Meter breit, sondern mindestens drei Kilometer. Er ist dunkelrot, zähfließend, und die Flüssigkeit – ich möchte wetten, es ist kein Wasser – brodelt und wirft Blasen.

Es dämmert schon, als ich mich soweit beruhigt habe, dass ich weiterfahren kann. Auf der Brücke stehen viele Autos, und ich kann die Fahrbahn nicht bis zum Ende überblicken. Ich kämpfe die Panik nieder, dass ich irgendwann aussteigen und zu Fuß über diesen widerwärtigen Fluss gehen muss.

Dass ich gehe, steht fest. In der Ferne, auf dem Doppelturm des Kölner Doms, blinken rhythmisch weiße Lichter. Sie rufen mich.

o

Es ist dunkel. Die Lichter auf den Türmen sehen aus wie Positionsleuchten für Flugzeuge. Ich stehe auf der Domplatte am Südportal und betrachte das gotische Bauwerk. Scheinwerfer bestrahlen die Außenfassade. Es ist der Kölner Dom, und er ist es nicht. Oberhalb der Treppenstufen sehe ich anstelle von drei Portalen nur das Passionsportal. An der Stelle des Ursula- und des Gereonsportals sind Nischen mit zehn Meter hohen goldenen Statuen eingelassen. Ich weiß nicht, was ich erwartet habe, aber es beruhigt mich, dass sie eindeutig menschlich sind.

Die beiden Türen des Passionsportals stehen offen. Dahinter sehe ich ein Flackern. Kerzen? Dort müssen Menschen sein, die mir erklären können, was geschehen ist. Ich war nie kontaktfreudig, aber jetzt sehne ich mich nach nichts so sehr wie nach menschlicher Gesellschaft.

Ich gehe die Stufen hinauf.

o

Das Flackern rührt von einer weißen Kugel her, die im Eingangsbereich in einem goldenen Kreis am Boden liegt. Das Kirchenschiff selbst hüllt sich in Dunkelheit. Die Stille wird nur vom Knirschen meiner Schritte durchbrochen. Ich ziehe die Taschenlampe aus dem Rucksack, die ich im Supermarkt gefunden habe, und schalte sie an. Der Lichtkegel reicht nicht sehr weit. Ich nehme im Halbdunkel eine Bewegung wahr. Ich richte die Lampe darauf und mir bricht der Schweiß aus. Da ist tatsächlich etwas, das außerhalb des Lichtes zu bleiben versucht. Ich hole schmerzhaft Luft und dringe weiter in die Dunkelheit vor, dann spüre ich einen Widerstand. Ein Wimmern. Ich presse die Kiefer aufeinander – jetzt nicht schreien. Die Taschenlampe beleuchtet eine Gestalt, ein bleiches verweintes Gesicht. Eine junge Frau, Anfang zwanzig, dunkelblond, mit schwarzen Schatten unter den Augen. Sie versucht, vor mir zurückzuweichen, aber ich fasse ihren Jackenärmel und halte sie fest.

»Es ist okay. Ich tu dir nichts. Bitte bleib hier!«

Sie reißt die Augen auf. Dann fällt sie mir so unvermittelt um den Hals, dass sie mir die Taschenlampe aus der Hand reißt. Sie rollt klackernd über den Boden. Zum Glück brennt sie weiter.

»Oh Gott – ich dachte, ich wäre hier ganz allein
–«

Wir halten einander umklammert. Ihre Wärme durchdringt meine Jacke. Ich bin so froh, dass ich Rotz und Wasser heule.

Dann lässt sie mich plötzlich los.

»Da ist was – hörst du das auch?«

Ich schnappe die Taschenlampe vom Boden und richte den Lichtkegel dorthin, wo das Geräusch ist. Da sind andere, andere wie wir, mit denselben verschreckten und erschöpften Gesichtern. Ein alter Mann mit einem Stock, ein Junge, höchstens vierzehn Jahre alt, zwei Frauen um die Dreißig, dann ein Mann, der mich an Robert erinnert – schlank, großgewachsen, mit graumelierten Schläfen. Wir fallen einander um den Hals, lachen und weinen. Es ist unwichtig geworden, wie der Dom aussieht, wie der Rhein aussieht, wir sind zusammen, uns kann nichts mehr geschehen.

○

Wir haben uns in der Dunkelheit auf den Boden gesetzt und uns unsere Geschichten erzählt. Meine Taschenlampe spendet uns Licht – was für ein Glück, dass ich Ersatzbatterien eingesteckt habe. Wir haben alle dasselbe erlebt: Von hier auf gleich lag die Welt in Schutt und Asche, und wir glaubten, allein zu sein. Jeder von uns hat ein klingelndes Handy gefunden.

»Ich habe so lange gebraucht, herauszufinden, wie man es bedient«, sagt Jolene, die junge Frau, die ich als Erste hier in der Kirche gefunden habe. »Ich musste daran lecken! Ich dachte schon, ich schaffe es nicht, aber der Anruf hat sich wiederholt, bis ich es kapiert hatte.«

»Genauso war es mit meinem Smartphone«, sage ich. Die anderen sehen mich an. »Habt ihr auch diese schrillen Töne gehört? Wie bei der Katastrophe. Ich dachte, mein Gehirn explodiert.«

Nach und nach zählen wir alle Dinge auf, die merkwürdig sind. Die Smartphones. Unbekannte Automarken, Position des Zündschlüssels, Joysticks. Die Brücke. Der Dom. Die intensive Stille. Der fehlende Geruch. Der veränderte Städtename ist außer mir niemandem aufgefallen, aber den dunkelroten breiten Rhein haben wir alle gesehen.

Über unsere Freude, Gesellschaft zu haben, legt sich Angst. Ich sehe es in den Gesichtern.

»Eine neue Waffe«, vermutet der Alte mit dem Stock. »Irgendwer hat eine Waffe getestet, und etwas ist schiefgegangen. Vielleicht die Amis.«

»Oder der IS«, fügt Jolene an.

»Außerirdische?«, sagt der Vierzehnjährige.

Wir schweigen alle. Keine der Möglichkeiten ist von der Hand zu weisen ohne weitere Informationen.

»Aber wer hat uns hierher gerufen?«, will der Mann wissen, den ich in Gedanken Robert nenne. Er spricht mit einem Akzent, den ich nicht einordnen kann. Er könnte Inder sein, so dunkelhäutig und schwarzhaarig, wie er ist. »Warum sind wir hier? Das sollten wir herausfinden. Jetzt, wo wir nicht mehr allein sind, ist es weniger gefährlich.«

Ich gebe ihm recht. Wir stehen wieder auf, bilden eine Kette. Ich bin die Einzige mit einer Taschenlampe, also gehe ich in der Mitte. Hier müssten längst die Stuhlreihen anfangen, aber da ist nichts. Gar nichts. Nur Schwärze.

Die Stille wird von einem Klicken unterbrochen. Licht flammt auf, es ist grell, und hochfrequentes Kreischen lässt mich die Hände an die Ohren reißen und die Kette unterbrechen.

In der Schwärze schwebt eine riesige weiß leuchtende Kugel, zwei Meter im Durchmesser, innerhalb eines goldenen Rings. Etwas Ähnliches habe ich vorne an der Pforte gesehen.

»Was ist das?« – »Die Helligkeit müsste doch ausreichen, dass man in der Kirche etwas sieht!« – »Vielleicht gibt es überhaupt keine Kirche. Wer weiß, wo wir hier sind!« Alle sprechen durcheinander. Das leuchtende Ding macht mir eine Höllenangst.

Robert ist der Einzige, der ruhig bleibt. Das hätte der echte Robert genauso gemacht. Er geht sehr langsam auf die Kugel zu und berührt sie mit dem Zeigefinger. Das Weiß verblasst, die Kugel wird durchsichtig. Wir sehen eine Stadt im Septembersonnenschein, eine prächtige, von markanten Gebäuden gesäumte Straße, die sich zu einem viereckigen Platz ausweitet. Menschen gehen auf den Gehwegen spazieren, Autos fahren.

»Das ist die Ludwigstraße in München mit dem Odeonsplatz«, sagt Jolene mit rauer Stimme. »Ich habe dort in der Nähe gewohnt. Offenbar eine Aufnahme vor der Katastrophe.«

»Nein, warte mal!« Emily, eine der beiden Dreißigjährigen, beugt sich vor. Sie ist ganz aufgeregt. »Schaut mal, da ist eine Apotheke. Das Schild, seht ihr?«

Neben dem roten Apothekensymbol prangt eine Temperaturanzeige, die nach einem Augenblick zum Datum wechselt.

Der 24. September. Das Jahr stimmt. Das Datum des heutigen Tages.

Robert ist der Erste, der spricht: »Das da ist unsere Welt. Wir müssen wieder hinüber.«

»Und wo sind wir dann hier?« Die Frage des Jungen ist berechtigt.

»Keine Ahnung.« Roberts Stimme klingt so nüchtern, als habe er sich über das Wetter geäußert.

»Und wie kommen wir zurück?« Mein rasender Pulsschlag lässt meine Stimme zittern.

»Vielleicht durch die Sphäre? Es ist einen Versuch wert.«

»Nein! Nicht!« Jolene hält ihn am Arm fest. »Wer weiß, was passiert!«

»Ich probiere es einfach.«

Dieser Robert ist meinem Robert wirklich ähnlich. Der hätte das auch versucht.

Er geht auf die Kugel zu, legt beide Hände an ihren leuchtenden Korpus. Blitze schießen durch das Objekt, ich fühle mich an eine Plasmakugel erinnert. Als sie sich an seinen Händen entladen, stürze ich hin und reiße ihn zurück. Eine Rauchwolke steigt auf, das Bild in der Kugel erlischt, sie zeigt wieder ihre weiß leuchtende Oberfläche. Robert lächelt mich an.

»Mir ist nichts passiert. Trotzdem danke.«

So ganz stimmt das nicht. Sein Haar riecht angesengt, er hat Brandspuren auf den Wangen, aber ansonsten ist er tatsächlich unverletzt. Seine Augen funkeln.

»Schade, dass du es unterbrochen hast. Ich glaube, es geht wirklich. Es war wie eine dünne Membran, die mich von unserer Welt trennte. Die Sphäre ist unser Rückweg.«

»Ich – ich geh rüber!« Der Vierzehnjährige ist nicht zu stoppen. Bevor irgendjemand etwas sagen kann, macht er einen Satz in das Licht hinein. Es blitzt, und eine Aschewolke hüllt uns ein.

Der Junge ist verbrannt. Fassungslos starren wir einander an.

»Verdammt noch mal!« Robert ist wütend. »So etwas muss man vernünftig angehen! Lasst uns doch überlegen, wie wir es richtig machen!«

Der Alte, der mit seinem Stock nach der Kugel gestochert hat, tritt einen Schritt zurück.

»Zuerst muss wieder das Bild erscheinen«, vermutet er.

Robert nähert sich der Kugel behutsam und legt wie vorhin die Finger darauf.

Blitze zucken. Nach einem Augenblick zeigt sich erneut ein Städtebild. Das ist Berlin, ich erkenne das Charlottenburger Schloss. Auch hier keine Spur von Zerstörung. Wenn Robert recht hat, dann ist dort, in unserer Welt, alles in Ordnung.

»Ich will es auch fühlen!«

Jolene hat sich neben Robert gestellt und legt ihre Hände an die Kugel.

»Wie ist es?«, frage ich.

Ihr Gesichtsausdruck zeigt pures Entzücken.

»Es ist fast so, als wäre ich drüben«, antwortet sie. »Es ist warm, und ich kann die Vögel singen hören.«

Sie tritt in die Kugel hinein. Robert steht ganz dicht neben ihr. Er müsste sie festhalten. Aber Jolene stolpert stattdessen tiefer in die Sphäre.

»Nicht«, rufe ich, »nicht, Jolene —«

Wieder ein Blitz. Für einen Moment glaube ich, Jolene dort drüben zu sehen. Dann erlischt das Bild in der Kugel.

»Hat sie es geschafft?«

Der Alte hämmert mit dem Stock auf den Boden. Robert flucht.

»Ich habe keine Ahnung. Ich konnte sie nicht festhalten!«

»Hast du es denn überhaupt versucht?«, fragt der Alte.

»Ich glaube, sie hat es geschafft«, sage ich. »Keine Asche, oder?«

Er ist schon so sehr Robert für mich geworden, dass ich seine Worte nicht hinterfrage. Er sieht mich lächelnd an.

»Ich will hier weg!« Emily schreit beinahe. Sie ist schon auf dem Weg zur Sphäre. »Wir wissen, wie es geht. Ich will wieder in meine Welt zurück!«

»Ich geh mit«, sagt die andere Dreißigjährige entschlossen.

Robert nickt.

»Ja. Wir gehen zusammen. Eben war das Bild so deutlich, dass ich Autoabgase und frisch gemähtes Gras riechen konnte! Komm, Hans!«

Er streckt die Hand nach dem Alten aus. Der zögert, dann ergreift er sie.

»Kommst du auch?« Robert sieht mich an. Ich konnte seinem Blick noch nie widerstehen.

»Ein bisschen Glück kann nicht schaden, was meint ihr? Ich male euch schnell mein persönliches Glückssymbol auf, wartet ...«

Er hat etwas in der Hand – einen Kugelschreiber? Er geht zu den anderen und malt jedem von ihnen etwas auf die nackte Haut. Seine Augen sind im Licht der Kugel riesig, und sie sehen aus, als hätten sie keine Pupille. Der Alte wehrt sich, aber Robert lässt nicht locker.

Ich begreife.

»Nein«, schreie ich, »bleibt hier!«

Es ist zu spät. Robert sagt etwas in einer fremden Sprache, und es ist ganz sicher kein Hindi. Er versetzt Emily einen Stoß und die drei taumeln in die Kugel.

Die Sphäre öffnet sich, sieht aus wie ein Tor. Ich höre den Straßenlärm von drüben, Kindergeschrei, Vogelstimmen. Ich atme die vertraute Luft der Erde ein, die nach etwas riecht, anders als die in der Welt, in der ich mich befinde. Es ist so einfach, dass ich mich frage, warum ich es nicht gleich erkannt habe.

An diesem Nachmittag vor vier Tagen wurde nicht die Erde zerstört. Ich bin seitdem in einer anderen Welt.

Ich will hinter den dreien her, aber Robert hält mich fest.

Das Portal schließt sich mit einem grellen Lichtblitz.

○

Als ich die Augen wieder öffnen kann, steht der Mann, der mich so an Robert erinnert hat, ganz dicht vor mir. Er hat sich verändert. Er sieht aus wie die Karikatur eines Menschen, ein Bild in einem Zerrspiegel. Der Körper ist dünn wie ein Ast, die Arme hängen bis fast zu den Knien herunter. Der Kopf ist ballonhaft aufgebläht, seine Haut ist kreideweiß, die Augen sind pupillenlos und schwarz.

»Nun bist nur noch du übrig«, sagt der Mann und lacht. »Der Versuch ist gelaufen wie geplant.«

Aus dem Dunkel treten andere, die so aussehen wie er. Sie kommunizieren mit hochfrequenten Tönen.

»Wo bin ich hier?«

»Das ist eine Parallelwelt eurer Erde. Wir nennen sie Oertha. Vieles ist genauso wie bei euch, aber es gibt auch Unterschiede. Oertha liegt in Trümmern nach dem siebenundzwanzigsten Weltkrieg. Wir brauchen eine neue Heimat. Unsere Wissenschaftler arbeiten mit Hochdruck. Fünfzig Monde hat es gedauert, bis wir ein Tor öffnen konnten, um euch zu uns zu holen. Weitere zwanzig, bis wir euch zurückschicken konnten. Bislang ist es uns noch nicht gelungen, ein Portal zu öffnen, durch das wir selbst zu euch hinübergehen können. Aber der Durchbruch steht unmittelbar bevor.«

Ein anderer nähert sich mir dicht. Sein schrilles Kreischen schießt wie Blitze durch mein Gehirn. Ich halte mir die Ohren zu.

»Es ist ein Privileg, unsere Stimmen hören zu können«, sagt das Wesen tadelnd. »Nur die unter euch, die das können, sind für den Übergang nach Oertha geeignet.«

Ich weiß, was er damit meint: Die anderen können sie nicht rüberholen.

»Das war die sechste Versuchsreihe. Objekte zwanzig, einundzwanzig und zweiundzwanzig haben sehr zufriedenstellende Resultate gezeigt. Das Portal ist viel stabiler geworden. Du bist Objekt dreiundzwanzig und wirst uns helfen, die menschliche Anatomie besser kennenzulernen.«

›Robert‹ richtet ein metallenes Kästchen auf die Kugel.

»Einen Blick zurück gönne ich dir. Zum Abschied. So wird die Sphäre übrigens korrekt aktiviert. Meine Hände – das war nur ein Zaubertrick. Der Junge ist verbrannt, weil das Signal nicht gesendet wurde.«

Die Kugel zeigt wieder ein Bild. Ich sehe mein Haus, die Terrasse. Der echte Robert sitzt dort mit einer Kaffeetasse in der Hand und sieht sich immer wieder fragend um. Er scheint auf mich zu warten.

o

Ich zeige auf den langen Gegenstand in ›Roberts‹ Hand.

»Das ist kein Kugelschreiber, oder? Du hast den dreien keine Glücksbringer aufgemalt.«

Das Wesen, das nun nicht mehr wie Robert aussieht, verzieht sein Gesicht zu einer Grimasse.

»Nein. Das ist unsere Rückversicherung. Damit ihr drüben nicht plaudert. Ein paar Minuten, nachdem ihr den Übergang geschafft habt, versagt euer Herz-Kreislaufsystem. Deine Freunde sind in wenigen Augenblicken tot.«

»Und nun wirst du mir das auch injizieren.«

»Nein, du wirst die Erde nicht mehr wiedersehen. Ich sagte schon, du gibst uns Hinweise auf die menschliche Anatomie.«

Seine Klauenhände schließen sich um meine Schultern. Er schiebt mich vorwärts. Der Lichtkegel erweitert sich, ich sehe eine Liege mit Apparaturen. Ein Operationssaal? Hier werde ich keine Narkose bekommen.

In diesem Moment erkenne ich den Sinn meines Lebens. Es ist das höchste Ziel, das ein Mensch haben kann. In ›Roberts‹ Klauen, die auf meinen Schultern liegen, steckt immer noch der Kugelschreiber.

Ich lege meine Hand darauf und presse mir die Spitze auf den Oberarm. ›Robert‹ kreischt. Der Schmerz beim Einstich zeigt mir, dass ich den Injektor richtig angewendet habe. Ich winde mich aus ›Roberts‹ Griff und reiße dem anderen spindeldürren Wesen das Kästchen aus der Hand. Sie sind so langsam. Mit großen Schritten bin ich bei der Kugel. Sie versuchen, mich aufzuhalten, fuchteln mit ihren dürren Armen nach mir, aber sie sind schwach und fragil. Ich breche Knochen, kugle Gelenke aus. Es geht ganz leicht. Ich richte das Kästchen auf die Sphäre, es sendet seinen hochfrequenten Ton. Die Kugel dehnt sich, umfängt mich. Ich spüre den frischen Spätsommerwind auf meinem Gesicht.

o

»Linchen«, sagt Robert und erhebt sich mit erleichterter Miene, »wo kommst du denn auf einmal her? Wir haben vier Tage wie verrückt nach dir gesucht!«

Ich schleudere das Kästchen, so weit ich kann, über die Hecke, dann stürze ich auf ihn zu und umschlinge ihn. Ich schmiege mein Gesicht in seine Halskuhle, atme seinen Duft ein. Viel Zeit bleibt mir nicht mehr.

Ich habe mit der Injektion verhindert, dass sie mich zurückholen. Ich habe den Apparat, mit dem sie die Kugel aktivieren, aus ihrer Reichweite gebracht.

»Robert«, sage ich leise, »du hast immer gesagt, wenn ich nur will, dann kann ich etwas ganz Großes schaffen.«

Ich sehe zu ihm auf und er lächelt. Wie froh er ist, dass ich wieder da bin.

»Ja, Linchen, das habe ich gesagt. Und nun hast du etwas Großes getan?«

Ich nicke.

»Ich habe die Welt gerettet.«

Sein Grinsen wird breiter, schelmisch. Ich weiß, dass er mir nicht glaubt, aber das spielt keine Rolle. Ich möchte ihn weiter lächeln sehen.

Robert wird ernst. Er legt den Kopf schief.

»Ich glaube, ein Sturm kommt auf.«

Aber es ist nicht das Pfeifen des Windes. Ich höre die hochfrequenten Töne und weiß, was das bedeutet.

Ich drehe mich um. Hinter mir gibt es kein Haus mehr. An seiner Stelle schwebt eine schwarze Kugel. Daraus tritt eine Gestalt mit ballonartigem Kopf. Sie hat ein Kästchen in ihren Klauen. Wie konnte ich so dumm sein, anzunehmen, es gäbe nur ein einziges?

»Unglaublich, aber dein Übergang mit dem Konverter hat für uns den Durchgang geöffnet«, sagt ›Robert‹ zufrieden. »Manchmal rechnet man nicht damit, wie simpel die Dinge sein können. Zufall oder

Schicksal? Du wolltest eine Welt retten. Das hast du getan.«

Das Gift in meinen Adern beginnt, zu wirken. Mir wird schwarz vor Augen. Das Letzte, was ich sehe, ist eine gepanzerte Armee von drei Meter großen Monstern in Rüstungen und mit Waffen. Sie marschieren durch die Sphäre und dringen auf die Erde ein.

Spinnensinn

Es gibt Leute, die mögen keine Spinnen. Es gibt Leute, die fürchten sich davor. Und es gibt mich: Ich habe Todesangst. Das ist nicht nur eine Floskel. Vorgestern bin ich – zum siebzehnten Mal – im Büro ohnmächtig geworden. Diesmal hatte mir der Wind durch das geöffnete Fenster einen Pusteblumenflieger gegen die Stirn geweht. Ich hatte ihn für eine Spinne gehalten. Der von den Kollegen alarmierte Notarzt stellte einen Angina-Pectoris-Anfall fest. Mein Chef sagte achselzuckend: »Laura, Sie brauchen eine Pause. Machen Sie eine Therapie.«

Ich bin in Therapie. Es ist die einundzwanzigste, und sie ist eine Katastrophe.

Mein Therapeut ist ein seltsamer Mensch. Er macht mich so nervös, dass mir seine Kommentare oder Fragen oft entgehen. So wie jetzt. Das ist nicht nur kontraproduktiv, es ist beängstigend.

»Entschuldigen Sie – was haben Sie gerade gesagt?«

Er sieht aus wie der junge Javier Bardem – ein göttlicher Latino mit spöttischem Grinsen und Feuer im Blick. Aber er hat eine Ausstrahlung wie ein Raubtier, das mich verschlingen wird, sobald es hungrig ist.

Ich weiß nicht, ob ich ihn küssen oder schreiend vor ihm weglaufen möchte.

Seine Praxis hat mir mein Jugendfreund Rolf empfohlen, den ich kürzlich nach langen Jahren wiedertraf.

»Ich kenne den richtigen Psychologen für dich«, hatte er gesagt, nachdem ich mich ihm anvertraut hatte. Rolf war immer so ein vernünftiger Mensch gewesen – ich wüsste gern, was er sich dabei gedacht hat.

Mein Therapeut räuspert sich.

»Ich fragte, wann Panikattacken Anfang«, sagt er mit seinem erotischen Akzent. Wie hat er mit diesen schwachen Deutschkenntnissen nur seine Zulassung bekommen?

Panikattacken. Das klingt so harmlos, wenn man bedenkt, dass ich beinahe sterbe, wenn ich eine Spinne sehe. Ich habe nicht nur regelmäßig Angina-Pectoris-Anfälle bei Spinnenbegegnungen. Vor zwei Jahren erlitt ich einen Herzinfarkt, weil sich eine Spinne über meinem Bett abseilte. Ich nehme einen Betablocker und habe immer Nitroglycerin zur Hand. Für ältere Herrschaften vielleicht angemessen. Aber ich bin nicht 80, ich bin gerade mal 28 Jahre alt.

Mein Hausarzt sagte zu mir: »Frau Schulten, wenn Sie in einem halben Jahr noch auf dieser Welt sein wollen, dann lernen Sie, zu akzeptieren, dass Spinnen sie mit Ihnen teilen.«

Das ist völlig aussichtslos. Als ich Rolf traf, hatte ich gerade meinen zweiten Selbstmordversuch hinter mir. Ich brauche Hilfe – aber ich bezweifle, dass dieser Therapeut sie mir wird geben können.

Natürlich erinnere ich mich, wie das angefangen hat. Ich träume fast jede Nacht davon, wie könnte ich das vergessen. Nur – ich war niemals imstande, das jemandem so zu erzählen, wie es wirklich passiert ist. Mir bricht der Schweiß aus.

»Geben Sie eine Chance«, ermuntert mich der Therapeut.

Ich treffe eine Entscheidung. Ich werde *eine Chance geben* – ihm und mir. Ich muss es wenigstens versuchen.

»Ich war zehn«, sage ich wahrheitsgemäß. »Es war im Sommer, in Rolfs Garten. Wir waren zu fünft, drei Jungs, zwei Mädchen. Nicole war ein albernes Püppchen. Aber ich wollte von den Jungs akzeptiert werden.«

Er lächelt. Er hat so einen Zug um den Mund …

Das lenkt mich ab. Ich bin imstande, fortzufahren.

»Ich – ich hatte damals keine Angst vor Spinnen. Überhaupt keine. Ich dachte, es wäre cool.«

»Was – cool?«, erkundigt er sich gedehnt.

»Also –« Meine Hände zittern, obwohl ich sie in meinem Schoß verkrampfe. »Die Spinne zu quälen. Zu sehen, was sie macht, wenn man ihr die Beine ausreißt.«

Mir wird von der Erinnerung schlecht.

Hat er jetzt die Augen verdreht?

»Und – Sie haben ausgerissen?«

Mein Gesicht glüht, mein Hals ist kratzig. Ich nicke, während mir der Schweiß über das Gesicht rinnt. Die Angelegenheit wächst sich zu einem Angina-Pectoris-Anfall aus.

»Das wird für mich jetzt sehr schwierig. Vielleicht werde ich ohnmächtig. Sind Sie darauf vorbereitet?«

Anstelle einer Antwort krempelt er die Ärmel seines Hemdes hoch. Seine Handrücken und seine Arme sind schwarz behaart. Ich finde es abstoßend und anziehend zugleich.

»Erzählen Sie«, sagt er.

Er hat ja keine Ahnung, welches Höllentor er da öffnet. Ich krächze nur.

»Wollen Sie Glas Wasser?«

»Ja.«

Ich kann kaum noch sprechen.

Er steht auf und nimmt einen Plastikbecher, den er aus dem Wasserspender am Fenster nur halb befüllt. Dabei hat der Spender sogar zwei Aufsätze, und beide sind voll.

Er stellt den Becher vor mir auf den Tisch. Ich greife so hastig danach, dass ich seine Hand berühre und spüre einen kleinen elektrischen Schlag. Das macht mich ruhiger – keine Ahnung, warum.

»Trinken«, sagt er mit seinem Javier-Bardem-Lächeln, hinter dem eine namenlose Tiefe lauert.

Ich gehorche. Und dann fange ich auf einmal an, zu reden.

»Da war dieser Holzschuppen für Gartengeräte«, flüstere ich. »Unter dem Dach in einer Ecke saß sie.«

»Weiter«, verlangt er in einem vibrierenden Tonfall.

Mein Herz rast. Kann ich das durchstehen? Aber ich bin so nah dran wie noch nie.

»Ich habe sie genommen«, presse ich heraus. Meine Zunge klebt am Gaumen.

Er beugt sich vor. Sein funkelnder Blick verursacht mir Panik.

»Und dann?«, will er wissen. Sein kleiner Finger berührt meine Hand, wieder ein Knistern zwischen uns. Ich kann weiterreden.

»Ich hab sie an einem Bein gepackt, zwischen Daumen und Zeigefinger«, keuche ich. »Sie hat erst überhaupt nichts gemacht. Vielleicht war sie einfach so erschrocken – oder sie hat geschlafen. Keine Ahnung.«

Tränen brennen in meinen Augen. So weit war ich noch nie zuvor. Ich muss diese Geschichte endlich jemandem erzählen, die wahre Geschichte, nicht die geschönte Version, mit der ich meine vorherigen Psychotherapeuten abgespeist habe.

»Sie fing an, zu zappeln«, würge ich. »Ich spürte die Berührung ihrer Beine an meiner Handfläche, so rhythmisch, als wollte sie mir etwas mitteilen. Und die Jungs haben mich nur angestarrt. *Das kannst du nicht machen*, hat Rolf gesagt, *das ist auch ein Lebewesen*. Der kluge Rolf, hätte ich doch nur auf ihn gehört. Und ich habe geantwortet: *Du Hirni, das ist bloß eine doofe Spinne!*«

Meine Tränen tropfen auf den Tisch.

Ich falle zurück in die Vergangenheit zu jenem Tag. Ich kann sogar den Duft der frisch gemähten Wiese riechen. Ich sehe Rolfs entsetztes Gesicht. Rolf, der Gute, der für alles eine Lösung weiß. Ich will, dass er mich ernst nimmt. Die anderen zwei Jungs finden es anscheinend ziemlich cool, was ich mache. Nicole kreischt wie angestochen.

Ich kann es nicht verhindern. Ich reiße der Spinne die Beine aus. Es geht überraschend schwer. Erst eins, dann noch eins, und noch eins. Acht hat sie. Ich höre Rolf schreien, ich soll das lassen, aber ich sehe die Faszination in den Augen der anderen Jungen.

Und dann liegt nur noch der Torso der Spinne auf der Mauer. Daneben all ihre Beine, und diese Beine zucken, obwohl sie vom Leib der Spinne getrennt sind. Sie zucken, wollen weglaufen, und hören nicht auf, auch nicht, als ich den runden Spinnenleib endlich mit dem Schuh zerquetsche, und ich muss mich übergeben und schreien, und die Beine zappeln immer weiter, sie wollen vor mir fliehen –

Mann, das war so eine Scheiße, höre ich Rolf entsetzt sagen, und Nicole schreit immer noch, aber Peter lacht und zeigt auf die zuckenden Beine: *Das hätt' ich echt nicht gedacht, jetzt guck dir das an, die läuft ja immer weiter, das ist ja irre –*

Ich bin wieder in der Gegenwart. Ich erbreche heftig. Mein Therapeut hält mir eine Schale unter das Kinn. Ich zittere derart, dass etwas davon über seine Hände fließt. Javier verzieht keine Miene. Ich kann meine Dankbarkeit nicht in Worte fassen – weder für seine stumme Anteilnahme, noch dafür, dass ich alles endlich ausgesprochen habe.

Er nimmt die Schale weg und reinigt sich am Waschbecken. Während er mir den Rücken zuwendet, fragt er: »Was hat Tat bedeutet für Spinne – Sie haben schon mal Gedanken gemacht?«

Das hat mich noch niemand gefragt. Die anderen Psychologen haben mich beruhigt, sie haben mir erzählt, dass alles nicht so schlimm ist. Dass ich mir keine Vorwürfe machen muss. Dass ich ein kleines Mädchen war und mich eben ausprobieren wollte. Dass ich auf mein inneres Kind hören, die

Vergangenheit ruhen lassen und mich der Gegenwart zuwenden soll. Das hat bei mir nie gewirkt.

Und er fragt stattdessen, ob ich mir Gedanken gemacht habe.

»Ja«, höre ich mich stammeln. »Ja. Unentwegt.«

Ich habe nie etwas Befreienderes gesagt.

Er dreht sich zu mir um und sieht mir tief in die Augen. Der Blick webt einen Kokon um mich, und mir wird schwindelig.

»Gut so«, antwortet er. »Sprechstundenhilfe macht nächsten Termin. Heut Nacht wird nicht gut gehen Ihnen. Ist normal.«

Und damit bin ich entlassen.

o

Seine Voraussage trifft ein. In der Nacht habe ich die furchtbarsten Albträume meines Lebens. Wieder und wieder sehe ich mich die Spinne quälen. Jedes Mal weckt mich mein eigenes Schreien. Als um sieben Uhr der Wecker klingelt, sitze ich seit drei Stunden am Küchentisch und versuche vergeblich, das Zittern meiner Hände unter Kontrolle zu bringen.

Ich tippe die Nummer des Therapeuten ins Telefon.

Seine Sprechstundenhilfe meldet sich.

»Bitte«, flüstere ich, »ich brauche heute dringend einen Termin, ist das vielleicht möglich?«

»Herr Doktor hat Ihren Anruf erwartet«, antwortet sie. »Ich habe für Sie bereits etwas notiert – ist Ihnen neun Uhr recht?«

Ich höre mir selbst zu, wie ich den Termin bestätige, und dann gehe ich ins Bad, um die Spuren der Nacht auf meinem Gesicht abzumildern.

Um Viertel vor neun bin ich im Wartezimmer. Die blonde Sprechstundenhilfe nickt mir freundlich zu. Ich frage mich, ob sie ein Verhältnis mit ihm hat. Zwei Minuten später steht er persönlich im Türrahmen, um mich ins Sprechzimmer zu bitten. Er strahlt mich an, streckt die Hände nach mir aus, zieht mich in eine vorsichtige Umarmung. Ich möchte mich an ihn klammern und habe gleichzeitig Todesangst.

»Laura, Laura, was wir nur machen mit Ihnen«, murmelt er über meinen Kopf hinweg. Er bugsiert mich ins Sprechzimmer, schiebt mir den bequemen Sessel hin, füllt mir ein Glas Wasser ab. Wie gestern halb voll. Ich fühle unerwartet schwache Heiterkeit in mir aufsteigen, aber dann stellt er es noch einmal drunter und füllt es bis zum Rand auf. Ich trinke aus.

Als ich den immer heftiger werdenden Schwindel bemerke, der diesmal nicht vom Blick in seine Augen stammt, weiß ich: Es war etwas im Wasser.

○

Der Raum um mich schwankt wie eine Schiffs-schaukel. Die Decke entfernt sich von mir, der Boden kommt rasend schnell näher.

Ich versuche, etwas zu sagen, aber ich klinge wie eine miauende Katze. Er lacht verzerrt. Was hat er mit mir getan?

Auf einmal seine Stimme an meinem Ohr. Dieses erotische Vibrieren.

»Geht los jetzt, meine Schöne!«

Was hat er vor? Er hat mich unter Drogen gesetzt, jetzt wird er mich vermutlich missbrauchen. Oder Schlimmeres?

Verzweifelt suche ich nach einem Ausweg aus der Situation.

Ich muss mit ihm sprechen. Wenn er bemerkt, dass ich nicht so weggetreten bin, wie er hofft, wird er vielleicht von seinem Vorhaben ablassen. Ich versuche, »Hallo!« zu rufen. Nur Maunzen.

Etwas schiebt sich in mein Blickfeld. Ein Zerstäuber?

Ein Zischen ertönt, neblige Nässe hüllt mich ein. Parfum? Es riecht süßlich-schwer und irgendwie giftig.

Mein Therapeut gluckst zufrieden.

Jetzt wird er es tun.

Wieder seine Stimme.

»Reise beginnt!«

Mit dem, was daraufhin geschieht, habe ich nicht gerechnet. Der Raum wird in einen Strudel von Farben getaucht. Prasselnde Lichtexplosionen. Die kahlen Raufaserwände lösen sich auf in knallige Blumenmuster, Kometen fauchen an mir vorbei, alles dreht sich in einer psychedelischen Spirale. Ich werde eingesogen.

Als Siebzehnjährige habe ich ein paarmal Hasch geraucht. Das Zeug, das mir mein Teufelspsychologe ins Wasser getan hat, ist erheblich stärker. Ich höre mich mit diesem Katzenmaunzen »Juchu!« schreien, während ich durchs Wurmloch rotiere.

Und dann ist es auf einmal vorbei.

Alles ist dunkel. Ich kann meinen Körper nicht spüren. Bin ich ohnmächtig?

Oder tot?

Mein zugedröhnter Verstand beäugt diese Möglichkeit angstfrei. Wenn ich tot bin, wird gleich ein weißes Licht erscheinen.

Aber das Licht bleibt aus. Da ist ein blauer Fleck über mir. Er wird schnell größer. Weiße Fetzen schieben sich über das Blau. Ganz eindeutig: ein Himmel mit sommerlichen Schäfchenwolken.

Ich habe einen befremdlichen Rundumblick. Ich kann Dinge erkennen, die hinter mir sind. Zum Beispiel einen Holzzaun. Sträucher. Eine Gartenhecke.

Und vor mir ein riesiges behaartes Bein.

Eine Monsterspinne, wie in meinen schlimmsten Träumen!

Mein Herz zappelt. Ich schreie – heraus kommt wieder dieses Miauen, und das Bein zuckt. Ich schreie weiter, nehme andere Beine wahr – oh Gott im Himmel, um mich herum sind haarige riesige Spinnenbeine, acht Stück, und jedes Mal, wenn ich schreie, bewegen sie sich … Ich stecke im Körper des entsetzlichsten Lebewesens, das es für mich auf dieser Welt gibt. Wenn das der Tod ist, bin ich in der Hölle.

Ich höre Kinderstimmen.

»Das ist echt nicht fair! Warum wollt ihr uns nicht mitspielen lassen?«

»Weil ihr Tussen seid, ihr zwei, und was wir machen, ist nichts für Mädchen! Also zischt ab!«

Ich vergesse, was mit mir geschehen ist. Ich zittere, und die haarigen Beine mit mir. Das sind die Stimmen von Nicole und Freddie. Vor achtzehn Jahren. Ich weiß, was jetzt kommt.

»So? Nichts für Mädchen, was? Soll ich euch mal zeigen, ihr Supermänner, was Mädchen alles machen?«

Meine Kinderstimme.

Ich sehe mich, das zehnjährige Mädchen, das ich war.

Rotblonde Haare hängen in ein braungebranntes Gesicht. Ich sehe aus wie eine Mischung aus Peter

Pan und Pippi Langstrumpf. So mutig, so unbeschwert – Sekunden, bevor ich mein Leben vollkommen ruinierte.

Laura! Mach das nicht!

Aber Laura hört mich nicht.

Ich bin die Spinne, und ich werde jetzt sterben. Laura – ich – packt mich am Bein. Ich kann mich nicht bewegen.

Rolf, Freddie und Peter kommen näher.

»Das darfst du nicht machen«, sagt Rolf, »das ist auch ein Lebewesen.«

Rolf war nicht nur klug, er war immer schon so mitfühlend, auch als Kind.

Nicole hat die Hände an den Kopf gelegt und die Augen und den Mund so weit aufgerissen, dass sie aussieht wie die Person auf dem Bild von Edvard Munch. Der Schrei kommt gleich, das weiß ich noch.

»Du Hirni, das ist bloß eine doofe Spinne!«, sagt mein Kinder-Ich.

Nein, Laura, ich bin die Spinne!

Ich bin plötzlich nicht mehr paralysiert, ich strample. Eine Idee: Ich morse mit meinen acht Beinen SOS in meine Handfläche. Wie doof kann Laura – ich – sein, ich habe doch gerade in der Schule das Morsealphabet durchgenommen und mit Nicole endlos Nachrichten geschrieben!

»Iiiiiiiiiiiiiiiiiiiih«, schreit Nicole.

Ich dringe nicht zu mir durch. Meine Kinderhand nähert sich meinem Bein. Gleich wird sie es greifen, gleich wird sie es mir ausreißen.

»Iiiiiiiiiiiiiiiiiiiiiiiiiiiiih!« Nicoles Geschrei sprengt fast mein Trommelfell. Wenn sie nicht so gebrüllt hätte, hätte ich es mir damals vielleicht anders überlegt. Rolf zuliebe. Aber ich musste den Jungs unbedingt zeigen, dass ich nicht so bescheuert war wie Nicole!

SOS – SOS – SOS – SOS

Daumen und Zeigefinger packen mein Vorderbein.

Der Zug auf das Gelenk wird spürbar, immer stärker. In meiner Erinnerung ist es mit einem Ruck geschehen, aber die Zeit dehnt sich wie Kaugummi.

Und es tut weh. Richtig weh –

»Gut, reicht für heute!«

Während sich der blaue Sommerhimmel in eine regenbogenknallige Spirale verwandelt, durch die ich hinauf gesogen werde, höre ich die Stimme meines Therapeuten.

»Ausgezeichnet, Laura.«

Wieder der Sprühstoß und das stinkende Parfum.

Ich sitze auf dem Stuhl vor dem Schreibtisch, da steht noch der leere Wasserbecher, ich bin keine Spinne mehr.

Der Latinogott lächelt seltsam.

»Ich begeistert von Ihnen«, sagt er. »Heutige Sitzung Durchbruch. Wir sehen wieder morgen.«

Ich arbeite mich mühsam auf die Füße. Kann dieser Irre im Ernst glauben, ich würde morgen wiederkommen? Er hat mich unter Drogen gesetzt, mich auf einen Horrortrip geschickt …

Er legt mir die Hand auf die Schulter. Wieder ein elektrischer Schlag. Mein Puls wird ruhiger.

»Sie Ihr Trauma wollen loswerden, ist nicht so, Laura?«, fragt er verschwörerisch grinsend.

Zu meiner Verblüffung höre ich mich »Ja!« sagen.

»Gut. Morgen gleiche Zeit.«

○

Als ich das Haus verlassen habe, mache ich mich auf den Weg zum Polizeipräsidium. Ich will melden, was dieser Mensch mit mir gemacht hat. Ich habe hämmernde Kopfschmerzen, und meine linke Schulter fühlt sich ausgerenkt an. Die Drogen, die ich im Blut habe, kann man jetzt mit Sicherheit noch nachweisen.

Aber dann krabbelt am Straßenschild eine kleine Spinne – und ich fühle … nichts. Ich sehe sie mir an, wie sie ihr Netz spinnt, ich schreie nicht, ich bekomme keinen Angina-Pectoris-Anfall. Ich gehe weiter, am Präsidium vorbei.

In der Nacht schlafe ich wie ein Stein. Keine Albträume. Ich stehe auf und bin, ehe ich mich's versehe, wieder auf dem Weg zur Praxis.

Er öffnet mir persönlich die Tür. Die Sprechstundenhilfe ist nicht da. Ein Stromstoß in meinem Bauch. Ich bin mit ihm allein.

»Wollen wir nicht sagen *du*?«, beginnt er ohne Umschweife. »Ist Hemmschwelle geringer.«

Ich starre ihn an. Das Nicken kommt ganz automatisch.

»Komm rein, Liebes«, gurrt er.

Mein inneres Vibrieren verstärkt sich. Ich folge ihm ins Sprechzimmer. Er schiebt mir den Stuhl zurecht.

»Wir heute sehen, wie hätte sein können Vergangenheit. Und wie sein wird Zukunft«, erklärt er. Der erotische Klang seiner Stimme lässt mich erschauern. »Du doch wollen auch zum Kern. Oder?«

Ich antworte zu meiner eigenen Verblüffung: »Aber natürlich, wenn du dabei bist!«

Er grinst breit und entblößt eine Reihe scharf aussehender Zähne. Wo ist das Unbehagen, das sein Anblick mir bereitet hat? Ich will diesen Mann.

Ohne zu zögern trinke ich den Becher leer, den er mir randvoll geschenkt hat. Ich habe zuvor nicht bemerkt, dass der Wasserspender nicht nur zwei Gefäße, sondern auch zwei Hähne hat. Aus dem einen läuft jenes lauwarme Wasser, das er mir anfangs serviert hat. Aus dem zweiten tropft eine klare, aber ölige Flüssigkeit. Das Gemisch schmeckt nach nichts. Und das Parfum, mit dem er mich dann ansprüht, kommt aus einer Sprayflasche mit dem Logo eines bekannten Insektengift-Herstellers.

In Nullkommanichts rutsche ich wieder durch den Regenbogenstrudel und hocke in der Ecke des Geräteschuppens. Diesmal nehme ich mir die Zeit, mich umzuschauen. Schließlich hat mein grandioser Therapeut angekündigt, dass wir heute *zum Kern* vordringen wollen. Die Rundumsicht ist spektakulär. Und die Beweglichkeit meines Körpers! Ich staune über die Anmut meiner Beine, wie sie sich biegen lassen. Ich kann mit dem Vorderbein zarte Winkbewegungen ausführen, meine Hinterbeine so über meinen Körper legen, dass ich sie betrachten kann. Meine Sehleistung ist phänomenal! Ich begutachte fasziniert das Netz, das ich gesponnen habe. Die Spinnweben sehen aus wie gläserne Taue, das Muster ist ein Meisterwerk, vor dem Michelangelo erblassen müsste.

Stimmen nähern sich. Jetzt geht es los. Meine spektakuläre Therapiesitzung kann beginnen.

Was für ein Konzept, eine Spinnenphobikerin mittels Drogen in einen Spinnenkörper zu versetzen! Javier ist ein Genie. Das ist wahrscheinlich nicht legal, aber das schert mich gerade nicht. Es hilft!

Da kommt sie, Laura, mein jugendliches menschliches Ich.

Sie greift nach mir, hält mich zwischen spitzen Fingern. Es läuft anders ab als in meiner Erinnerung. Ein schmerzhafter Ruck geht durch meinen Körper, doch er kommt von innen und nicht von außen. Sie hat mir kein Bein ausgerissen. Die Umgebung verschwimmt vor meinen Augen. Es geht abwärts. Ich lande unsanft auf dem Boden. Dieser Spinnenkörper kann was ab! Der Schmerz nach der Berührung lässt allmählich nach.

Gesichter beugen sich über mich. Mein Kindergesicht sieht nicht mehr so entschlossen aus. So hätte die Vergangenheit also sein können.

»Lass sie«, sagt Rolf leise.

Ich stupse mich unsicher mit dem Rand der Sandale an.

»Du musst ihr nicht wehtun«, flüstert Rolf beschwörend. »Nicht, um mir zu beweisen, dass du mutig bist. Das weiß ich auch so.«

Das ist jetzt ganz anders als vorher. Nur im Hintergrund macht Nicole wie gehabt den Munch: »Iiiiiiiiiiiiiiiiiiiiiiih!«

»Ist ja nur eine kleine Spinne«, sagt das Kind Laura.

»Ja, und alles ist gut«, antwortet Rolf. Laura nickt. Eine interessante Wendung der Therapie.

Rolf hebt mein Spinnen-Ich sanft am Bein hoch und legt mich in seine Hand. Er war für mich immer etwas ganz Besonderes. Und nun hat er mir mit diesem grandiosen Hinweis auf Javier mein Leben gerettet. Ich nehme mir vor, mich nach der Sitzung sofort bei ihm zu bedanken.

»Kommt mit, in mein Zimmer!«, sagt Rolf. »Ich zeige euch was.«

Wir gehen durch das Treppenhaus in die Wohnung und in Rolfs gemütliches Kinderzimmer. Er hat lauter »Was ist was«-Bände im Regal und ein Mikroskop auf dem Schreibtisch stehen. Er war ein richtiger kleiner Wissenschaftler.

Rolf trägt mich ans Fenster. Dort steht ein Terrarium, hübsch eingerichtet mit einem Ast und Blättern.

»Was ist das?«, will Freddie wissen.

»Das ist Bobo«, antwortet Rolf. Er öffnet die Klappe oben am Terrarium. Er will mich hineinsetzen. Aber wozu? Ich möchte Bobo nicht kennenlernen. Wird mich Rolf jetzt an eine Echse verfüttern? Was für ein Teil der Therapie ist das? Ich schreie nach Javier, aber mein Maunzen scheint niemand zu hören.

Rolf setzt mich sanft auf die Laubstreu. Mein menschliches Alarmsystem ist in Aufruhr, mein Spinnensinn dagegen bleibt entspannt.

Irgendwo in einer dunklen Ecke bewegt sich etwas.

Ich sehe ein sehr großes haariges Bein. Dann ein zweites. Und noch eins. Ich zähle bis acht. Ein gigantischer blauschwarzer Spinnenleib schält sich aus seinem Versteck.

»Iiiiiiiiih!«, quiekt Nicole. »Eine Spiiiiiinne!«

»Das ist Bobo. Eine Riesenvogelspinne«, antwortet Rolf stolz. »Theraphosa blondi.«

Mein Spinnensinn verrät mir, dass es sich um ein männliches Exemplar der Gattung handelt. Mit Spinnenaugen betrachtet lässt sich Nicoles Reaktion nicht nachvollziehen. Bobo ist äußerst attraktiv.

Er reckt mir die Vorderbeine entgegen, und wir reiben sie aneinander.

»Das ist ja eklig«, keucht Nicole.

»Spinnen sind nicht eklig«, sagt Rolf traurig. »Sie sind großartig, aber alle hassen sie und bringen sie um.«

»Nun sehen Zukunft«, höre ich die Stimme meines Therapeuten.

Der bunte Strudel erfasst mich. Ich wirble zurück in meine Gegenwart.

Auch hier ist etwas anders. Der Raum ist viel größer, als ich ihn in Erinnerung habe. Ich sitze nicht auf dem Stuhl, sondern auf dem Schreibtisch. Vor mir hockt Bobo. Er ist ein Traum von einer Riesenvogelspinne. Meine acht Beine zittern vor Lust.

Moment. Meine *acht* Beine?

Ich bin immer noch eine Spinne.

Das ist bestens, solange er bei mir ist. Die Phobie verabschiedet sich endgültig, wenn ich überlege, was wir miteinander tun könnten. Mein Spinnenherz tanzt in meiner Brust.

Es klopft an der Tür. Ich höre die Stimme der Sprechstundenhilfe: »Hallo Herr Doktor, sind Sie schon da? Ich muss Ihre Nachricht falsch verstanden haben, dass heute keine Sprechstunde ist, ich habe Ihr Auto vor der Tür gesehen!«

Ich sehe eine Bewegung in einer Ecke des Raumes. Ein Mann erhebt sich aus dem Stuhl. Hat er die ganze Zeit da gesessen?

Er nähert sich, ein bohnenstangenlanger Schlaks mit schütteren Haaren. Ich erkenne ihn erst nach einem Moment: Es ist Rolf, mein Jugendfreund. Er zwinkert mir zu.

»Du wolltest neulich wissen, was ich in den vergangenen Jahren getan habe«, sagt er und setzt sich auf die Tischkante. »Nun, ich habe deinen Fehler von damals wiedergutgemacht. Ich musste einfach etwas unternehmen gegen diese Panik und das andauernde Morden. Ich habe zunächst einen Wirkstoff entwickelt, mit der man das Bewusstsein eines Menschen erweitern und in einen Spinnenkörper übertragen kann. Das sind die Substanzen aus dem Spender. Damit erreiche ich endlich eine Akzeptanz!

Du siehst: Selbst einem Härtefall wie dir ist es möglich, die Angst vor Spinnen zu überwinden! Mit dem Sprühnebel löse ich dann die genetische Transformation aus. Bobo und du, ihr wart meine Versuchskaninchen.«

Bobo ist Javier. Jetzt verstehe ich alles.

In diesem Moment dreht sich ein Schlüssel im Schloss, und Javiers Sprechstundenhilfe betritt den Raum.

Ihre Augen weiten sich. Rolf versucht, die Sprühflasche vom Tisch zu nehmen. Die Frau fasst beherzt in ihre Handtasche und zückt eine Dose Pfefferspray. So stehen die beiden einander gegenüber.

»Warten Sie«, sagt Rolf beschwichtigend. »Es ist nicht so, wie Sie denken …«

Als Antwort reißt die Blondine das Pfefferspray hoch und streckt ihn mit einem resoluten Sprühstoß nieder. Rolf windet sich wimmernd am Boden, die Hände vor den Augen.

Bobo gibt mir mit dem Vorderbein ein Signal und kriecht zum Rand der Tischplatte. Ich folge ihm.

Die Frau entdeckt uns und reißt sich kreischend den rechten High Heel vom Fuß. Sie hält mit ausgestrecktem Arm so viel Abstand vom Tisch, wie sie nur kann, während sie mit dem Centabsatz auf uns einhackt. Mein Spinnensinn zeigt mir die Hiebe in Zeitlupe. Noch kann ich entkommen, aber Blondie schießt sich ein.

Eine Idee durchzuckt mich. Ich krabble zur Flasche mit dem vermeintlichen Insektengift. Wenn die Frau so tickt, wie ich denke, wird es klappen.

Die Blondine hält im Schreien inne und lässt den Schuh fallen. Dann packt sie die Flasche und sprüht Bobo und mich stoßweise an.

Zehn Sekunden später hält Javier seine bei unserer Verwandlung bewusstlos gewordene Sprechstundenhilfe in den Armen. Er hat dieses seltsame Funkeln im Blick, das mir so viel Panik beschert hat. Mein Spinnensinn weiß, was es bedeutet.

»Nein«, schreit Rolf und rappelt sich mühsam auf, »halt, Bobo! Bobo, warte! Das darfst du nicht …«

Bobo sieht Rolf einen Moment lang an. Dann erbricht er eine klare Flüssigkeit über die Frau, legt die Lippen an ihren Hals und saugt sie schlürfend ein.

Rolf taumelt gegen die Wand.

»Wie konntest du«, flüstert er.

»Konnte ganz einfach. War sehr zart«, antwortet Bobo und stößt auf.

Rolf rauft sich die Haare.

»So sollte es nicht anfangen, das habe ich dir doch gesagt! Es sollte Schluss sein mit dem Morden …«

»Kein Morden. War Vernichtung von Beweismittel.«

»Rolf«, unterbreche ich. »Was genau hast du denn jetzt vor?«

»Ich wollte das sinnlose Töten beenden und mit der Substanz die Menschheit verwandeln«, antwortet Rolf verzweifelt. »Menschen und Spinnen sollten eins werden. Kein Ekel, keine zerquetschten Körper mehr.«

Er sieht zwischen Bobo und mir hin und her. Bobo wischt sich den Mund an der Gardine ab.

Ich beschließe, Rolf nicht zu sagen, dass mein Spinnensinn ihn auch *zart* findet. Er wird es wissen, wenn es so weit ist. Wenn er herausfindet, dass das Ganze ein fataler Fehler war.

Die Feuerkönigin

Eloise erwachte mit brennenden Lungen. Das war das Vermächtnis des Rauchs der vergangenen Nacht. Das Sprichwort lautete: Wo Rauch ist, ist Feuer.

Eloise fürchtete das Feuer.

Ihre Gedanken wirbelten durcheinander wie Funken im Wind.

Gestern hatte sie ihren einundzwanzigsten Geburtstag gefeiert, und in diesen wenigen Stunden hatte sich alles verändert. Serafin war so merkwürdig gewesen.

»Du hast heute eine magische Grenze überschritten«, hatte er mit traurigem Blick gesagt. Was hatte er gemeint? Konnte er wissen …?

Eloise biss die Zähne zusammen. Sie musste ihn retten. Eine magische Grenze? Mit Magie kannte sie sich aus.

Sie stolperte unter die Dusche und drehte das Wasser ganz heiß auf. Sie hatte gelernt, Hitze auszuhalten. Danach ging es ihr besser. Sie schlüpfte in Jeans und T-Shirt und stellte sich in der Diele vor den Spiegel. Eine junge Frau mit panischem Blick schaute ihr entgegen.

Eloise betrat ihr Arbeitszimmer. Es wurde Zeit.

Auf dem Rand des Schreibtischs, von einer freundlichen Morgensonne beschienen, stand eine lichtblaue handgegossene Stumpenkerze. Nichts weiter als eine ausgebleichte, alte Kerze, rußig und mit Wachstränen. Besser getarnt als jedes Versteck, das Eloise hätte ersinnen können. Kein Mensch würde auf den Gedanken kommen, was dieser Gegenstand in Wirklichkeit war: Eloises Schicksal.

Ihre zitternden Hände beruhigten sich, und ihr Herz schlug gleichmäßiger.

Es gibt noch Hoffnung für Serafin, dachte Eloise. Und dann: *Warum ich – warum wurde ich damals ausgewählt?*

o

Damals. Auf dem Weihnachtsbasar.

Eigentlich wollte sie nach Hause gehen. Selbst gehäkelte Weihnachtsbaumdeko und gebastelte Grußkarten waren einfach nicht ihr Ding. Doch dann war da dieser große, breitschultrige junge Mann am Kerzenstand. Eloise starrte ihn unverhohlen an. Seine dunklen Augen waren unglaublich. Sie brannten mit warmem Licht, flackerten wie Kerzenflammen. Eloise war hypnotisiert. Sie wollte eine dieser Kerzen, fand vor Aufregung ihr Portemonnaie nicht. Dieser Mann war die beste Werbung für seine Produkte. Wenn man ihn ansah, konnte man nur noch an *Feuer* denken.

»Vergiss das Geld«, hatte der Mann gesagt. »Such dir die richtige heraus.«

Und dann, eindringlich: »Schau genau hin. Das ist wichtig.«

Seine Stimme war genauso seltsam wie seine Augen. Sie flackerte, hell und dunkel, wie eine Flamme. Das machte alles noch unwirklicher. Eloise gehorchte ihm, ließ ihre Blicke eingehend über das üppige Angebot auf dem Tisch schweifen, betrachtete jede einzelne der handgegossenen Kerzen, bis ihr Blick auf diese eine hellblaue fiel. Eloises Augen begannen, zu tränen, sie blinzelte, der Stand verschwamm vor ihren Augen. Die Kerze brannte!

Spiel nicht mit dem Feuer, du wirst dich verbrennen, hörte sie die mahnende Stimme ihres Vaters. Sie erinnerte sich an ihre erste Brandblase.

Flammen hatten sie immer fasziniert. Sie lebten, sie sprachen mit ihr. Eloise konnte stundenlang vor dem Kaminfeuer sitzen, und an Kerzen oder Streichhölzern hatte sie sich schon viele Male verbrannt, sehr zur Besorgnis ihrer Eltern.

Wie albern! Sie war kein Kind mehr! Sie war siebzehn.

»Die ist es«, sagte sie abgehackt und deutete auf die Kerze. Als sie blinzelte, war die Flamme erloschen. Der Docht war jungfräulich weiß, er schien nie gebrannt zu haben. Eloise rieb sich die Augen.

Der junge Mann nickte.

»Hier«, sagte er und hielt ihr ein großes Paket Streichhölzer hin. »Es sind die richtigen dafür, verstehst du?«

Eloise verstand.

Zuhause in ihrem Zimmer prüfte sie es nach: Die Kerze ließ sich nur mit den Streichhölzern vom Basar entzünden.

Eloise war begeistert. Das war so geheimnisvoll!

Im Nachhinein fragte sie sich oft, warum sie sich nicht gefürchtet hatte. Und warum sie es nicht lassen konnte, die Kerze immer wieder anzuzünden, obwohl seltsame Dinge geschahen.

o

Wenn die Kerze brannte, erschien eine junge Frau in der Fensterscheibe. Zuerst war Eloise sicher, es sei ihr eigenes Spiegelbild. Dabei war sie ihr gar nicht ähnlich: Feurig glühende Haare umrahmten ein fremdartiges und dennoch seltsam vertrautes Gesicht, das von innen heraus leuchtete. Zwei Schlitze anstelle einer Nase, wie bei einem Reptil, schmale violette Lippen. Rote Augen mit einer rauchgrauen Pupille, die stetig flackerte.

Eloise war fasziniert, auch wenn hinter der Faszination etwas Dunkles lauerte.

Spiel nicht mit dem Feuer. Du wirst dich verbrennen.

Eloise schüttelte wütend den Kopf, dass ihre braunen Locken flogen, und verscheuchte die mahnende Stimme. Das hier war *ihre* magische Kerze!

Bald genügte ihr das undeutliche Bild der jungen Frau in der Scheibe nicht mehr, und sie wünschte sich von ihren Eltern einen großen Spiegel.

Das Mädchen, das sie von dort anschaute, sobald die Kerze brannte, hielt ihr einen Zettel mit ihrem Namen hin: Siolée. Neben ihr, auf einem Baumstumpf, leuchtete auch eine Kerze, hellblau wie die Eloises.

Siolée stand auf einer Lichtung in einem seltsamen Wald. Am Himmel schien feurig eine kleine Sonne. Die Bäume bewegten sich in einem eigenen Rhythmus, der nicht vom Wind vorgegeben wurde. Sie öffneten und schlossen ihre Blätter wie Säuglinge ihre Händchen. Sie griffen nach Siolée, und sie schüttelte sie lachend ab. Funken stoben auf, es waren keine Blüten, sondern Flammen. Eloise spürte die Hitze auf der Haut, als sei sie jenseits des Spiegels.

Auf der Wiese wuchsen keine Gänseblümchen. Kleine rote, orangefarbene und weiße Feuer züngelten im rostfarbenen Gras. Eloise glaubte, durch den Spiegel Rauch zu riechen. Das Dunkle hinter der Faszination verstärkte sich. Trotzdem wartete sie jeden Tag voller Ungeduld, die Kerze endlich anzünden zu können, mit derselben Inbrunst, wie sie sich davor fürchtete.

Siolées Stimme war in ihrem Kopf: eine dunkle, rauchige Frauenstimme mit einem spöttischen Beiklang.

»Sei willkommen in Ignisia!«

Ein Windstoß kam auf, fuhr durch das Spiegelglas, zauste Siolées und Eloises Haare. Selbst der Wind in jener anderen Welt war glühend heiß. Die Kerzenflammen auf beiden Seiten des Spiegels duckten sich angstvoll vor ihm.

»Ignisia – was bedeutet das?«

Funken stoben aus Siolées glühenden Haaren auf. Sie breitete die Arme aus und rief: »Ignisia ist das Land der Feuerelfen. Und ich bin die Feuerkönigin.«

Eloise hatte sich Elfen immer als vergeistigte Wesen mit spitzen Ohren und Schmetterlingsflügeln vorgestellt. Und ihre Königin ganz sicher nicht wie die Fürstin des Feuers.

Siolée schien zu ahnen, was sie dachte. Sie lachte.

»Du und ich, wir sind miteinander verbunden wie Tag und Nacht. Und die Magie der Kerzen lässt einen Durchgang zwischen unseren beiden Welten entstehen.«

»Ich möchte Ignisia kennenlernen«, flüsterte Eloise, zerrissen zwischen Angst und Neugier.

In Siolées Augen funkelte es.

»Dann musst du die Probe bestehen!«

Die Feuerkönigin machte eine Handbewegung, und plötzlich verdunkelte sich der Himmel.

Riesige schwarze Echsensilhouetten näherten sich. Jedes der Wesen war mehr als drei Meter lang. Sie hatten Schlangenhälse, schmale Köpfe mit intelligent blickenden Augen und goldgepanzerte Leiber. Der Sog ihrer gigantischen Fledermausflügel verbrannte Eloises Gesicht.

Eine Probe bestehen – gegen *Drachen*.

»Dies sind *Feuervögel*, die gefährlichsten Raubtiere und gleichzeitig Reittiere Insignias!« Siolée klang wie eine Reiseleiterin. »Man muss sie beherrschen können, oder man wird getötet. Lerne, mit ihnen umzugehen.«

Siolée zeigte auf einen der Drachen und hetzte ihn mit einem kurzen Befehl zum Wald. Fünf oder sechs hasenähnliche Lebewesen schossen daraus hervor. Der Feuervogel erlegte sie alle mit einem einzigen Feuerstoß aus seinen Nüstern.

Siolée deutete auf den Drachen, und er richtete sich auf. Seine Augen glühten zornig. Der riesige schuppengepanzerte Leib erhob sich über der Feuerkönigin. Die Kreatur fauchte, ein Funkenregen ging auf Siolée nieder. Dann stieß der Drache unvermittelt den Kopf vor und riss das Maul auf, um Ignisias Herrscherin zu packen. Eloise schrie auf. Siolée blieb ganz ruhig, bewegte lediglich die Hand.

Der Feuervogel zerplatzte mit einem dumpfen Geräusch. Nur eine Rauchwolke blieb übrig.

Eloise keuchte.

Siolée betrachtete sie nachdenklich durch den Spiegel.

»Hast du dich gefürchtet? Dann entwickle Mut. Denn das hier wird deine Meisterprüfung sein. Aber wir fangen vorn an. Lass uns zunächst mit einer einfachen Lektion beginnen: die Flamme der Kerze beherrschen!«

o

Eloise konzentrierte sich auf das kleine blaugelbe Licht und befahl ihm in Gedanken, zu erlöschen. Das war alles andere als einfach. Viele Wochen vergingen, und es passierte gar nichts, aber Siolée blieb geduldig. Und dann, auf einmal, spürte Eloise die Flamme in ihren Gedanken. Sie stellte sich vor, sie würde sie auspusten – und sie verrauchte sanft. Bald ließ sie sich mit einem Wimpernschlag auslöschen. Ebenso war es mit jedem anderen Feuer: Eloise konnte es sich kühl und angenehm denken, sodass die Hitze sie nicht verletzte.

Siolée vergrößerte die Reichweite. Eloise stand stundenlang vor dem Spiegel und gewann Macht über die Flammen auf der Lichtung. Sie löschte die Grasfeuerchen und die Feuerbäume aus und entzündete sie wieder. Dann kam der Tag ihrer

Meisterprüfung. Sie streckte ihre Hand nach dem Feuervogel aus, der am Himmel kreiste, und er explodierte dumpf in einer Rauchwolke.

o

Eloise war süchtig geworden nach Siolées einzigartiger Welt, und wie jeder Süchtige fürchtete sie ihre Sucht genauso wie sie sie brauchte. Die Kerze brannte täglich stundenlang. Manchmal rußte sie, wenn Siolée ungeduldig war, dann bildeten sich Wachstränen. Trotz allem wurde die Kerze niemals kleiner. Eloise hatte nur ein Ziel: nach Ignisia zu gelangen. Doch das Glas des Spiegels war undurchdringlich.

»Ich habe meine Meisterprüfung bestanden, warum kann ich nicht hinüber?«

Siolée zuckte die Achseln.

»Die richtige Zeit ist noch nicht gekommen.«

Eloise rasselte durch die Abiturprüfung – ihre Eltern waren wütend und warfen ihr Faulheit vor. Sie wussten ja nicht, dass Eloise, statt Mathe, Französisch und Geschichte zu beherrschen, Drachen töten konnte.

Siolée riet ihr, nicht mehr jeden Tag vor dem Spiegel zu verbringen, um nicht noch mehr aufzufallen. Eloise war wie auf Entzug, sie konnte kaum noch schlafen oder essen, aber sie schaffte das Abitur im zweiten Anlauf. Um von ihren Eltern fortzukommen, begann sie ein Studium in einer anderen Stadt.

Es war der erste Abend in der neuen Wohnung. Eloise war ganz allein.

Sie stand im Schlafanzug auf bloßen Füßen vor dem Spiegel und schaute hinüber in den Feuerwald. Es war Nacht. In Ignisia gab es keinen Mond, nur Myriaden roter Sterne. Diesseits und jenseits brannten die Kerzen. Siolée sah ihr mit einer seltsamen Miene entgegen. Als Eloise die Hand ausstreckte, um das Glas des Spiegels zu berühren, war es fort. Ihr Herz schlug bis zum Hals.

Sie machte einen Schritt und verbrannte sich die nackten Fußsohlen, während sie zwischen die züngelnden Grasfeuerchen trat.

Die Feuerkönigin schlang ihre heißen Arme um Eloises Körper. Zum ersten Mal war Siolées Stimme nicht in ihrem Kopf.

»Jetzt bist du endlich bei mir, meine Schwester«, flüsterte sie und hauchte Eloise einen brennenden Kuss auf die Wange.

»Wende an, was du gelernt hast. Trotze dem Feuer! Lass uns fliegen!«

Siolée befahl zwei Feuervögel vom schwarzen Himmel und legte ihnen Sättel auf. Mühsam kletterte Eloise auf den Rücken des Drachen. Er fauchte sie an und spie eine Feuersalve über ihre Schulter. Eloise keuchte vor Schreck.

Siolée lachte.

»Bleib ruhig. Er spürt deine Angst!«

Eloise berührte die schuppige Haut des Feuervogels mit den Fingerspitzen. Er funkelte sie aus seinen glühenden Augen böse an, aber sie konzentrierte sich und brachte ihn nach vier Fehlversuchen zum Aufsteigen. Schließlich flog er in die Richtung, die sie ihm wies.

Wenig später kreisten sie unter dem schwarzen Nachthimmel. Rote Sterne glühten über ihnen, und Ignisia breitete seine zahllosen kleinen und großen Feuer unter ihnen aus.

Siolée steuerte ihren Drachen auf einen Vulkan zu. In den Krater war ein Schloss hineingebaut, es thronte auf rotglühenden Pfählen über der Lava. Die Hitze ließ die Konturen flimmern.

»Das ist mein Zuhause«, sagte Siolée. »Komm.«

Eloise geriet in Panik.

»Die Lava wird mich verbrennen!«

Siolée lachte rauchig.

»Erinnerst du dich nicht mehr, wie man Feuer beherrscht?«

Als sie auf dem Schlossplatz landeten, half die Faszination des Anblicks Eloise, sich die Hitze kühl zu denken.

Die hundert Zimmer in Siolées Schloss waren jedes von einer anderen Feuerfarbe erhellt. Alle Schattierungen von Rot waren vorhanden. Die Schatten spielten an den Wänden die Bewegungen der Flammen nach.

Siolée führte sie in einen riesigen Saal mit großen Flügelfenstern und Balkonen davor. Ein seltsames Farbspiel war hier zu sehen, wie die Reflexion von Sonnenlicht auf Wasser. Das wurde verursacht durch die Spiegelung der Fackeln auf den silbrigen Umhängen von zwanzig hochgewachsenen Kriegern. Sie trugen Helme, die nur die Augen freiließen und hielten Schwerter vor sich gestreckt, die aus puren Flammen zu bestehen schienen. Die Krieger wandten sich der Feuerkönigin zu und hoben die Schwerter vor die Brust. Eloise spürte unzählige wie Kohlen glimmende Blicke auf sich ruhen.

Siolée nickte den Männern zu.

»Kommandant!«

Ein hochgewachsener Mann mit einem Flammensymbol auf dem Umhang trat näher. Er schaute Eloise an.

Er hatte die gleichen kerzenflammenflackernden Augen wie der junge Mann vom Basar. Konnte das sein?

»Dies ist meine Schwester Eloise.«

Der Angesprochene warf Eloise einen seltsamen Blick zu und trat in die Reihe zurück. Siolée entließ die Krieger mit einer Handbewegung. Ihre Umhänge knisterten wie Holzfeuer.

»Es wird Zeit, dass du zurückgehst.«

Auf dem Schlossplatz warteten die Drachen. Eloise schlüpfte durch den Spiegel in ihr eiskaltes Zimmer.

Ein nicht enden wollender Schüttelfrost überfiel sie, obwohl es Mitte August und tropisch schwül war.

Von nun an verbrachte Eloise jede Nacht mit Si-olée in Ignisia, und jedes Mal kam es ihr weniger heiß vor, während ihre eigene Welt für sie immer kälter wurde.

○

Vier Jahre waren vergangen, seit Eloise auf dem Basar gewesen war.

Sie lebte so sehr in Ignisia, dass sie an nichts anderes mehr dachte. Ihr Studium, ihr Job, die Mahlzeiten, die alltäglichen Dinge – alles verlief mechanisch. Ihre Welt war für sie erloschen, sie nutzte jede Gelegenheit, der Kälte zu entfliehen.

An diesem Tag ging sie wie immer gedankenversunken von der Universität zum Auto. Auf einmal spürte sie etwas wie ein Brennen in ihrem Nacken, und als sie sich umdrehte, sah sie in leuchtende hellbraune Augen. Ein junger Mann ging hinter ihr her. Er hatte ein hübsches Gesicht unter rotbraunen Stoppelhaaren, jede Menge Sommersprossen und er bekam Grübchen, wenn er lachte. Sie musste ihn anstarren, so gut gefiel ihr dieses Lachen.

Er verbeugte sich vor ihr.

»Entschuldige«, sagte er. »Mein Name ist Serafin. Ich beobachte dich – wegen meiner Arbeit in Psychologie. Ich schreibe über Schlafwandler.«

In Eloise sprudelte ein Lachen hoch. Sie konnte gar nicht mehr aufhören. Serafin lachte mit, das machte ihn unwiderstehlich. Eloises Herz begann, zu glühen, Hitze durchströmte ihren Körper. Ihre Welt fühlte sich nicht mehr kalt an.

Sie schwebte vor Glück. Der Klang seiner Stimme war Magie. Es knisterte zwischen ihnen wie ein frisches Feuer im Kamin. Sie konnte nicht genug davon bekommen. Sie wollte wissen, woher sein Name kam, und er erklärte ihr, dass ›Serafin‹ aus dem Hebräischen stammte und ›der Brennende‹ bedeutete.

»Das ist das, was ich für dich empfinde«, sagte er und war dabei ganz ernst.

Eloise brannte ihrerseits lichterloh. Ignisia verblasste. Sie entzündete die Kerze nicht mehr.

Einmal wollte sie sie sogar wegwerfen, aber Serafin hinderte sie daran.

»Eine alte Kerze – daran sind sicher viele Erinnerungen geknüpft!«, sagte er nachdenklich.

Sie kauften ein antikes französisches Bett, auf das sie besonders stolz waren. Serafin zog bei ihr ein.

In der ersten Nacht, in der Serafin bei Eloise schlief, wachte sie auf, weil sie Rauch zu riechen und ein Flackern im Spiegel in der Diele zu sehen glaubte. Ihr Herz klopfte, sie stand auf und schaute nach. Doch sie hatte sich geirrt, und die Kerze stand im Schrank, ohne zu brennen.

Eloise ging wieder zurück ins Bett.

○

Dann kam ihr einundzwanzigster Geburtstag. Serafin war verändert, er wirkte unruhig. Er behandelte Eloise so demütig wie ein Diener seine Königin. Sie wurde ärgerlich und fragte ihn nach dem Grund. Er lächelte wehmütig und antwortete: »Einundzwanzig ist eine ganz besondere Zahl. Du hast heute eine magische Grenze überschritten.«

Sie hatte keine Ahnung, was er damit meinte.

Mitten in der Nacht schrak sie hoch, Rauch drang in ihre Lungen.

Das Zimmer stand in Flammen. Sie hustete und rüttelte Serafin, schrie ihn an, er solle aufwachen, doch er rührte sich nicht.

Um das Bett herum zischte das Feuer.

Es war sinnlos. Sie musste zum Spiegel. Sie wusste genau, wer dafür verantwortlich war.

Konnte sie noch durch die Flammen gehen – wie damals?

Als sie den Fuß auf den glühend heißen Boden stellte, veränderte sich das Feuer. Es wurde dunkelrot, und ein Krieger im silbernen Umhang trat heraus. Unter seinem Helm flackerten Kohlenaugen. Er hatte das glühende Schwert gezogen und zielte mit der Spitze auf Eloises Herz.

Eloise versuchte, ihn zurückzudrängen, doch er riss ihr mit dem Schwert die Haut am Hals auf. Sie schrie vor Schmerz.

Der Krieger packte Serafin und zog ihn mit sich, verschwand mit seiner Beute im Spiegel, während die Flammen triumphierend fauchten.

Dann war alles dunkel und still.

Eloise wurde von Schüttelfrost überwältigt. Das ganze Bett bebte. Sie zog die Beine an den Körper und schlang die Arme darum. Ihre Zähne schlugen aufeinander, sie sog den Atem schlotternd in ihre Lungen.

Die Hitze wich langsam aus dem Raum und aus ihrem Körper. Sie zitterte nicht nur vor Kälte, sondern genauso vor Angst. Sie musste nach Ignisia und Serafin retten.

Nur einen Moment ausruhen, dachte sie und schlang die Decke um sich. *Kräfte sammeln.*

Sie schloss die Augen.

Warum ich? Warum wurde ich ausgewählt?

Eloise war völlig erschöpft. Schlaf schlich sich an, überwältigte sie. In ihrem Traum kreisten die

Feuervögel über ihr. Sie spien Feuer auf sie, bis sie verglühte. Sie zerfiel zu Staub.

○

Es war soweit. Eloise trug die Kerze hinaus in die Diele und stellte sie auf das Garderobentischchen. Sechs, sieben Versuche, den Docht mit ihren Gedanken zu entzünden, scheiterten. Sinnlos. Sie holte die Zündhölzer.

Die Packung, die ihr der Mann am Basar gegeben hatte, war fast leer. Nur noch fünf Stück lagen darin.

Eloises Herz raste, ihre Handinnenflächen waren schweißfeucht.

Sie riss das Zündholz an der roten Fläche an. Es sprühte Funken, entzündete sich aber nicht. Eins war verschwendet! Sie biss sich auf die Lippen und drängte die Tränen zurück.

Ruhig! Noch vier übrig. Sie versuchte es mit einem neuen. Es zerbrach in ihrer Hand, fiel auf den Boden. Sie schmeckte Blut auf der Zunge. Noch ein Versuch. Diesmal blitzte der Zündkopf auf, eine weiße Flamme explodierte zischend, verbreitete Rauchgeruch.

Eloise versuchte, ihren flatternden Atem zu beruhigen. Sie hielt das Zündholz an den Docht der Kerze.

Alles wird gut. Sie sagte es sich vor wie ein Mantra.

Sie bekam das Zittern ihrer Hände für einen Moment unter Kontrolle. Die Flamme sprang vom Zündholz auf den Docht über. Sanfte Helligkeit erfüllte den Raum. Freundliches Kerzenlicht.

Eloise atmete schluchzend ein und wischte sich ihre schweißnassen Hände an der Jeans ab. Der Spiegel reflektierte nur ihr eigenes Bild.

Sie konzentrierte sich auf Serafin.

Sie stellte sich vor den Spiegel, vor dem die Kerze brannte.

Ihr Herz setzte ein, zwei Sekunden lang aus. Sie legte beide Hände gegen den Spiegel. Das Glas war fest, sie hatte nichts anderes erwartet. Es wurde heiß. Ja! Sie verbrannte sich die Handflächen, aber sie ließ nicht los. Sie erinnerte sich an das, was sie von Siolée gelernt hatte.

Die Kerze explodierte.

Heißes Wachs spritzte umher, verbrannte Eloises Gesicht. Die Rauchwolke drohte, sie zu ersticken. In ihrem Kopf summte es wie ein Bienenschwarm.

Sie durfte nicht ohnmächtig werden, sie musste die Barriere durchbrechen!

Eloise war schwarz vor Augen, als der Spiegel endlich nachgab. Er zerbarst mit einem klingenden Knirschen, und sie fiel hinein.

Sauerstoff! Ihre Lungen sogen die rauchschwere Luft gierig auf.

Die Schwärze vor Eloises Augen lichtete sich.

Sie war auf der vertrauten Wiese mit den Grasfeuerchen und den Feuerbäumen. Sie sprang hastig auf.

Um sie herum lagen die Scherben des Spiegels. Auf dem Baumstumpf stand die Kerze, genauso explodiert wie in Eloises Welt. Es gab keinen Rückweg mehr.

Ein Brausen ertönte. Eine Feuersalve zischte an Eloises Kopf vorbei. Über ihr türmte sich der massige Körper eines kampfbereiten Drachen auf. Immer mehr Feuervögel flogen heran, ihre goldgleißenden Leiber verdunkelten den Himmel.

Es waren viel zu viele.

Der nächste Drache stürzte mit vorgerecktem Kopf auf sie herab. Fauchend bildete sich das Feuer als weiße, schnell größer werdende Kugel in seinem Schlund.

Sie warf sich zu Boden. Die Grasfeuerchen versengten ihre Haut, aber der Schmerz wurde sofort von der Flammengarbe aus den Drachennüstern überdeckt, die knapp über ihren Rücken schoss.

Sie fuhr herum, richtete die Hand auf den Angreifer. Sie war noch nie allein bei einem Kampf gegen die Drachen gewesen, immer hatte Siolées Anwesenheit ihr Mut gemacht.

Ihre Attacke ging ins Leere. Die Feuervögel formierten sich, flogen erneut an.

Ihr greller Jagdruf ließ sie zittern.

Eloise konzentrierte sich auf ihren Atem – ein, aus, ein, aus.

Sie sah Serafins Lächeln vor sich. Die Wut verlieh ihr Kraft, sie richtete erneut die Hand auf die Feuervögel. Ihr Zorn schoss als dampfende Energiewelle hervor. Fünf Drachen zerplatzten in Rauchwolken. Die anderen flohen, schrille Geräusche des Entsetzens ausstoßend. Einen hielt sie zurück, befahl ihm, auf der Lichtung zu landen. Er fauchte sie an, knisternde Flämmchen drangen aus seinem Maul. Eloise war so wütend, dass sie keine Angst mehr hatte. Sie knuffte ihn in die Flanke, damit er still war, schwang sich auf seinen Rücken, fand auch ohne Sattel Halt. Sekunden später waren sie in der Luft.

Sie lenkte den Drachen Richtung Schloss. Er grollte in der Kehle und Flammen züngelten um seine Schnauze, aber er wagte nicht einmal mehr, den Kopf nach ihr umzudrehen.

Die kleine rote Sonne brannte auf Eloises Körper.

Sie befahl dem Drachen, in den Krater zu sinken. Sie ließ ihn auf dem Vorplatz landen und rannte unter dem hochgezogenen Fallgitter in das Schloss. Es war so still hier.

Die Fackeln glühten.

Eloises Fußsohlen brannten, als sie den Marmorboden der Halle unter sich spürte. Sie wusste, dass sie nicht allein war.

Hinter einer Säule stand die Feuerkönigin und sah Eloise entgegen.

»Du hast es also geschafft«, flüsterte Siolée. Ihre Stimme war wie das Fauchen von Flammen.

Eloise zitterte vor Wut.

»Wo ist Serafin?«

Siolée lachte heiser.

»Erst musst du etwas für mich tun.«

»Und warum sollte ich das?«

Die Feuerkönigin bleckte spöttisch die Zähne.

»Wusstest du, dass einundzwanzig in Ignisia eine magische Zahl ist?«, sagte sie anstelle einer Antwort. »Mit einundzwanzig Lebensjahren erreichen Elfen ihr volles magisches Potenzial. Auch ich bin gestern einundzwanzig geworden.«

Sie machte eine Handbewegung. Ein Feuerkrieger trat durch die Hintertür. Eloise erkannte ihn am Flammensymbol auf dem Umhang als den Kommandanten.

Er trat näher und nahm den Helm ab.

Eloise hatte recht gehabt. Es war der junge Mann vom Basar.

Seine Flammenaugen flackerten unstet, als er sie musterte.

»Folge mir«, sagte er knapp.

Eloise gehorchte.

Im hinteren Drittel der Halle war ein großer Tisch aufgebaut. Wie beim Basar standen auch hier unzählige Kerzen mit weißen Dochten. Jetzt wusste sie, was Siolée von ihr erwartete.

»Warum?«, wisperte sie ihm zu. »Warum ich? Damals und jetzt?«

Seine Miene war versteinert. Er drehte den Kopf weg, sodass sie seine Augen nicht sehen konnte.

»Es ist besser, zu tun, was die Königin will, Eloise«, antwortete er nur.

Eloise versuchte es. Sie konzentrierte sich auf die weißen Dochte, gab sich Mühe, die eine Kerze zu sehen, die brannte.

Aber es gelang ihr nicht.

Ihre Augen tränten, ihr Kopf drohte zu zerspringen. Alle Dochte waren weiß.

Heißer Atem strich über ihre Schulter. Siolée stand hinter ihr.

»Ich finde sie nicht«, murmelte Eloise.

»Besser, du findest sie! Du willst doch deinen Geliebten nicht brennen sehen!« Die Stimme der Feuerkönigin klang teilnahmslos.

Eloise fuhr herum.

»Warum hast du ihn geholt? Bist du eifersüchtig? Es ist doch ganz normal, dass ich mich verliebt habe! Damit hättest du rechnen können!«

Ein schiefes Lächeln glitt über Siolées Gesicht.

»Vielleicht habe ich das ja.«

Irritiert schaute Eloise wieder auf die Kerzen.

»Ich verstehe nicht!«, rief sie verzweifelt.

Siolée fasste sie hart an den Armen. Sie schob sie vor sich her durch das offene Balkonfenster. Eloise schaute hinab auf geschmolzenes Silber – und begriff. Auf dem Schlossplatz war eine Armee von Feuerkriegern angetreten. Hunderte Männer in silbernen Umhängen, feurige Schwerter in den Händen, die sie zu Siolée emporreckten. Am Himmel kreisten unzählige gesattelte Feuervögel.

»Jetzt geh und finde die Kerze«, sagte Siolée ungerührt. »Ich bekomme deine kalte Welt. Dafür bekommst du deine Liebe.«

Eloise begann zu zittern. Sie sollte den Durchlass schaffen, damit die Feuerkrieger in ihre Welt einmarschieren konnten! Ihre Welt für Serafin.

Siolée bemerkte ihr Zögern, ihre Augen sprühten Funken.

»Was bedeutet sie dir – *deine* Welt? Was ist sie für dich, im Vergleich zu Ignisia?«

In Eloise kochte der Zorn.

»Warum ich? Und warum bist du nicht schon längst in meine Welt einmarschiert?«

Siolées Gesicht wurde hart.

»Ich habe dich ausgewählt, weil du die Einzige aus deiner Welt bist, die das Feuer versteht. Wenn du nicht tust, was ich will, stirbt Serafin.«

Du hast gewartet, weil du erst einundzwanzig werden musstest, um deine volle Macht zu erlangen, dachte Eloise bitter. Ihr war klar: Siolée log nicht, sie würde Serafin töten.

Sie atmete tief durch und dachte an sein Lächeln.

Obwohl sie dem Tisch den Rücken zuwandte, sah sie sie: die einzelne brennende Kerze. Sie drehte sich um, ergriff sie. Mit einem Wimpernschlag ließ sie den weißen Docht erglühen.

Die Flamme zischte. Siolées Gesicht war verzerrt vor Freude. Sie riss Eloise die Kerze aus der Hand.

Eloise packte sie am Handgelenk. Sie verbrannte sich, aber es war ihr egal.

»Deinen Teil der Abmachung!«

Siolée lachte. Sie trat auf den Kommandanten zu und legte ihm die Hand auf die Brust. Vor Eloises Augen veränderte er sich. Die Gestalt wurde schlanker und kleiner. Das Haar war nicht länger schwarz, sondern rotbraun und stoppelkurz, der Blick flackerte nicht mehr. Das Gesicht mit den zahllosen Sommersprossen war bleich. Serafin!

»Da hast du ihn! Aber er hat dir niemals gehört. *Ich* habe ihn dir geschickt. Er war Teil meines Plans!«

In Eloise zerriss etwas. Sie stürzte sich auf Siolée, schlug ihr die Kerze aus der Hand. Das Wachs explodierte auf dem heißen Boden. Die Flammen griffen auf sie beide über.

Sie krallte ihre Finger in Siolées brennende Haare. Es spielte keine Rolle mehr, ob sie verbrannte. Sie ließ nicht los. Siolée schrie. Plötzlich schoss eine blendend weiße Lichtwoge durch sie hindurch, erfasste Eloise. Pure Energie floss zwischen ihnen, summte wie eine Hochspannungsleitung.

Ich werde sterben, dachte Eloise. Sie empfand nichts dabei, so erschöpft war sie.

Plötzlich hörte sie Serafins Stimme in ihrem Kopf.

Du bist stärker als sie. Du kämpfst nicht nur für dich.

Das weiße Licht bahnte sich verzehrend einen Weg durch ihre Adern. Eloise hatte so gut gelernt, den Schmerz zu ignorieren, dass es ihr gelang, sich auf andere Dinge zu konzentrieren. Sie erinnerte sich an ihre Macht über das Feuer und über die Drachen, an Ignisia, wie es sich mit seinen nächtlichen Lichtern unter ihr erstreckte. Das alles gehörte ihr, und mehr: Eloise liebte Serafin. Siolée liebte niemanden, sie war allein mit ihrem Zorn.

Der Schmerz ebbte ab.

Das weiße Glühen wurde schwächer. Siolées Körper verlor seine Konturen. Ihre Oberarme, von Eloises Händen umschlungen, fühlten sich an wie überreife Früchte. Eloise schrie entsetzt auf.

Erneut hörte sie Serafins beruhigende Stimme.

Der Name ist ein Anagramm. Siolée ist Eloise. Ihr seid eins.

Siolées Gesicht zerschmolz. Der sich auflösende Körper floss wie Wachs über Eloises Hände. Es schmerzte nicht, selbst dann nicht, als die heiße Flüssigkeit durch Eloises Haut drang.

Sie ist dein Spiegelbild.

Sie erinnerte sich daran, wie vertraut ihr Siolées Gesicht von Anfang an gewesen war. Vielleicht waren sie immer eins gewesen, Spiegelbilder, sichtbar gemacht durch das magische Licht der Kerze. Die Erkenntnis löste die Grenzen auf.

Sie vergaß ihren Namen. Da waren Bilder in ihrem Kopf, ein Leben, das sie nicht gelebt hatte. Erinnerungen an Kriege, die sie nicht geführt hatte, an Gewalt, an lodernden Zorn, an Machthunger. Um sich gegen diese Schrecken zu wehren, rief sie sich Geduld, Freundschaft, Liebe ins Gedächtnis.

Die Gefühle flossen im Schmelztiegel der Erinnerungen ineinander.

Wer bist du?

Sie öffnete die Augen, der Raum tanzte um sie, stabilisierte sich.

»Ich bin Iséole.«

Serafin stand vor ihr, im silbernen Umhang des Kommandanten. Er schob das Feuerschwert in die Scheide. Sie sah Tränenspuren auf seinen Wangen, sein Lächeln war wie Sonne zwischen Regenwolken.

»Ich wollte deine Welt retten, und das war der einzige Weg«, flüsterte er. »Siolée war die Kämpferin, Eloise die Sanftmütige. Gemeinsam seid ihr vollkommen.«

»Was du getan hast, war richtig«, sagte Iséole und lächelte.

Er verneigte sich vor ihr. Er öffnete die Flügel des Fensters, und sie trat neben ihm hinaus auf den Balkon.

Die Feuerkrieger im Schlosshof hatten sich ihr zugewandt. Sie legten die Schwerter nieder und überkreuzten die Hände auf dem Herzen.

Serafin hatte einen glühenden Reif in der Hand, um den sich kleine Flammen wie Efeuranken woben.

»Ich kröne dich, Iséole«, sagte er. »Zur Königin über Ignisia, von heute bis in die Ewigkeit.«

Die tausenden Feuervögel, die den Himmel verdunkelten, reckten gleichzeitig die Köpfe. Flammenstöße schossen als Salut aus ihren Nüstern.

»Feuerkönigin«, fuhr Serafin fort und drückte ihr die Krone ins Haar. Das Feuer fühlte sich kühl und tröstlich an. »Herrsche weise über unsere Welten.«

Apophis

Tagebuch Blythe Langdon, 4.11.1922

Es hat sich ausgezahlt, dass der Privatlehrer so unerbittlich war. Mein Arabisch hat bislang jeder Prüfung standgehalten. Ich genieße es, mit den Einheimischen zu sprechen und mein Vokabular zu erweitern.

Und ich scheine damit Eindruck auf Howard zu machen – ein Nebeneffekt, der mir nicht unwillkommen ist.

Howard Carter ist ein attraktiver Mann, wenn man von diesem Schnurrbart absieht. Und er ist klug und besessen von seinem Ziel. Ich mag den Fanatismus, den er ausstrahlt, und den Ausdruck in seinen eng beieinanderstehenden blauen Augen. Sie leuchten, wenn er lacht, und fixieren mich auf eine Art, die fast schon eindeutig ist.

Ich bin froh, dass meine Mutter nicht hier ist. Ich weiß genau, was sie sagen würde: »Sei nicht närrisch! Er ist fast fünfzig und du bist sechzehn. Denke daran, wie alt er sein wird, wenn du vierzig bist. Willst du einen alten Mann?«

Ich will ganz sicher keinen von diesen Jungspunden, die sie immer für mich aussucht, und die noch grün hinter den Ohren sind. Howard ist 48, er ist Außenseiter und Autodidakt und hat trotz allem in seinem Leben viel erreicht. Wenn er mit dieser

Ausgrabung Erfolg hat, wird er berühmt sein. Sein Enthusiasmus ist mitreißend.

Heute hielt er eine Rede, um die mutlos werdenden Ausgrabungsmitglieder wieder zu begeistern. Er stand vom Tisch auf, reckte die Fäuste in den blauen Himmel und schließlich brüllte er: »Mag es doch tausend Mal die letzte Grabungssaison sein, und das letzte Mal, dass uns Gelder bewilligt werden! Das sage ich allen, die behaupten, das Tal der Könige sei archäologisch ausgereizt! Ich werde diesen Dummschwätzern das Gegenteil beweisen! Am Ende dieser Ausgrabung wird ein großer Erfolg stehen. Glaubt an meine Worte! Wir gehen in die Geschichte ein!«

Ein denkwürdiger Moment. *Wir*, das ist eine zusammengewürfelte Gruppe aus Ägyptologen, einem Ingenieur, einem Fotografen und einem Sergeanten, mitten zwischen den Überbleibseln einer längst vergangenen Zivilisation.

Wir saßen in der gigantischen Begräbnisstätte des Alten Ägypten in Theben-West unter Sonnenschirmen an Klapptischen. Auf dem Ausgrabungsareal um uns herum waren nur Hügel, Felsen, Geröll und Sand zu sehen. Howard ist ein Visionär, wenn er solche Vorhersagen treffen kann. Seine Leidenschaft berührt mich tief im Inneren.

Doch die Archäologen um Howard machten skeptische Gesichter: der korpulente Arthur Callender, der so unter der Hitze leidet, Alan Gardiner mit der runden Gelehrtenbrille, die er immer auf die Stirn schiebt und sie dann dort vergisst, Harry Burton mit seinem obligatorischen Kamerastativ in der Hand und die anderen sechs. Sie nahmen zögernd ihre Hüte ab und schwiegen.

Mein Vater war der einzige, der aufstand. Er glaubt an Howard Carter. Howard ist sein bester Freund.

»Dein Optimismus ist berechtigt«, sagte er. »Lord Carnarvon hat Vertrauen zu dir.«

Er wandte sich an die anderen Teilnehmer und erhob die Stimme. »Und das genügt uns doch wohl, oder nicht, meine Herren? Denn die Finanzen für diese Ausgrabung sind gesichert.«

»Ja, Hugh, ich bin vollkommen deiner Meinung!« Howard lächelte dankbar und legte meinem Vater die Hand auf den Arm.

Alle standen auf und machten mit ihrer Arbeit weiter. Ich schrieb in mein Tagebuch, als auf einmal Howard neben mir stand.

Er sah mich an. Sein intensiver Blick ließ mir die Hitze ins Gesicht schießen.

»Fragen Sie sich, woher ich meine Sicherheit nehme, Miss Langdon?«, wollte er wissen.

Ich konnte nicht verhindern, dass ich stotterte. Meine Wangen wurden noch heißer.

»Ja – äh – ich …«

»Ich höre ein Rufen«, murmelte Howard, die Augen in weite Fernen gerichtet. »Es ist wie eine Stimme aus der Vergangenheit. Ich spüre, dass hier etwas auf uns wartet, das gefunden werden will.«

In diesem Moment hörte ich auch etwas. Vielleicht lag es ja nur an seiner Suggestivkraft. Da war eine Männerstimme, mit dunklem Timbre, sanft und lockend. Mein Herz geriet ins Stolpern. Die Stimme sprach Arabisch, doch es war ein Dialekt, den ich nicht verstand.

Vielleicht ist es auch die Hitze, die nicht nur Callender quält. Wir haben November, und die Temperaturen liegen bei 30 Grad. Ich wünsche mir so sehr den Londoner Herbst herbei. Wir befinden uns hier am Rand der Wüste.

»Du wirst dich schon noch daran gewöhnen«, sagt mein Vater. Aber ich bin jetzt seit zwei Wochen in diesem Land, und ich hasse die Sonnenglut immer noch. Ich wäre längst wieder abgereist, ich bleibe nur meinem Vater zuliebe, der unbedingt möchte, dass ich dabei bin, wenn Howard seinen entscheidenden Fund macht.

Ich denke oft an London. An den Hyde Park im November.

Weil mein Vater stets auf Etikette achtet, bin auch ich hier wie alle anderen nach der englischen Mode gekleidet. Bluse, Blazer auf Taille geschnitten, knielanger Rock. Alles in Schwarz. Der riesige Hut mit dem Schleier ist eine Katastrophe. Was gäbe ich darum, das Monstrum ablegen zu dürfen. Aber mein Vater besteht darauf.

»Für eine Frau gehört sich das erst recht«, sagt er. Er, Carter und die anderen Mitglieder der Ausgrabung legen ja auch niemals ihr Jackett, den Hut und das gestärkte Hemd ab.

Mein Vater vertritt die Auffassung: »Als Engländer ist es unsere Pflicht, einen Kontrapunkt zu den Einheimischen zu setzen. Man muss sich von den einfachen Arbeitern abheben.«

Wie ich die Arbeiter in ihren weitgeschnittenen weißen Kaftanen beneide!

Ob mein Vater mir erlaubt, leichtere Kleidung anzuziehen, wenn ich ihm das mit den Stimmen sage?

Ich habe die Männerstimme nämlich noch einmal gehört. Sekunden, bevor das Geschrei der Ägypter losbrach und ich den Ausdruck auf Howards Gesicht sah. Ich wusste sofort: Sie haben etwas gefunden!

Carter und mein Vater sind aufgesprungen und zur Grabungsstelle gerannt. Ich kam nicht hinterher, weil der Schleier meines verdammten Hutes sich im Rattan des Stuhls verfangen hatte.

Als ich endlich an der Grabungsstelle war, schaute mein Vater mich mit feuchten Augen an.

»Das wollte ich dich sehen lassen, Liebling«, murmelte er. »Ich wollte, dass du dabei bist, wenn das geschieht.«

Um ehrlich zu sein: Ich habe die Begeisterung meines Vaters für Archäologie anfangs nicht geteilt. Ich bin seinem Wunsch, ihn nach Luxor zu einer weiteren Carter-Ausgrabung zu begleiten, nur deshalb gefolgt, weil das die Chance bot, von meiner Mutter wegzukommen. Meine Mutter, der es nur wichtig ist, mich so schnell wie möglich an einen Halbwüchsigen zu verheiraten.

Sie war empört, als mein Vater ihr mitteilte, dass er mich mitzunehmen gedachte.

»Was soll sie in diesem heißen staubigen Ägypten?«, hat sie vorwurfsvoll gefragt. »Bald ist der Debütantinnenball!«

Das war natürlich erst recht Wasser auf die Mühlen meines Vaters. Seine einzige Tochter an irgendeinen Jüngling herzugeben, ist für ihn undenkbar. Ich glaube, dass er Howard für mich in Betracht zieht – und dafür liebe ich ihn.

Denn er nahm mich beim Arm und schob mich zu Howard hinüber.

Howard war völlig versunken in die Betrachtung dessen, was die Arbeiter freigelegt hatten. Mein Vater nickte mir zu, und ich bewegte mich weiter, bis ich mit der Schulter gegen Howards Oberarm lehnte. Howard sah auf – und dann legte er unvermittelt die Hand an meine Taille und schob mich vor sich. Unsere Körper berührten einander! Nie gekannte Gefühle bemächtigten sich meiner. Ich war eins mit der Hitze des Wüstentages.

Ich hätte den Moment liebend gern ausgekostet, ich versuchte, den Blick seiner Augen festzuhalten, doch er deutete mit zittriger Hand nach unten.

Es war nichts weiter als eine Stufe. Eine simple, nach unten führende Stufe. Aber wo eine ist, sind mehr. Dort, unter dem Sand und dem Geröll, ist tatsächlich etwas.

Ich bin sicher, Howard hatte mit seinen Worten recht. Das hier wird Howard Carters Triumph werden!

Mein Vater und Howard begannen, mit bloßen Händen das Geröll wegzuschaufeln und legten eine weitere Stufe frei.

Als die Dunkelheit die Archäologen und die Arbeiter zwang, mit der Arbeit aufzuhören, waren es bereits sieben Stufen. Die Erregung, die Howard und meinen Vater erfasst hat, hat vor niemandem in der Gruppe Halt gemacht.

Wir fuhren zurück auf der unbefestigten Straße durch die Dunkelheit der Wüste. Mein Vater und Howard redeten ununterbrochen, sie glühten vor Begeisterung.

Ich empfand eine seltsame Mischung aus Erwartung und Angst, während ich zum Himmel schaute, mit seinen unzähligen hellen Sternen in der Schwärze und einem gestochen scharfen Halbmond.

Heute Nacht werden wir nicht wie sonst im Sofitel Winter Palace Hotel übernachten. Lord Carnarvon hat für Howard extra ein Haus in Luxor errichten lassen, und Howard bestand darauf, dass mein Vater und ich diese Nacht bei ihm verbringen.

Ich habe das Zimmer neben Howards Schlafzimmer. Ich werde neben ihm schlafen, nur durch eine Wand getrennt. In meinem Unterleib spüre ich ein sehnsuchtsvolles Ziehen, ich warte darauf, dass er sich hinlegt. Noch sitzt er mit meinem Vater im Wohnzimmer. Sie trinken Whisky und rauchen Zigarren.

Ich werde unter dem Moskitonetz auf meinem Bett liegen und von Howard träumen.

o

Tagebuch Blythe Langdon, 5.11.1922

Ich habe mich einfach nicht wachhalten können, bis Howard ins Bett ging. Kaum lag ich auf meinen Kissen, hatte ich einen seltsamen Traum.

Vor meinem Bett stand ein sehr großer Mann. Sein Kopf berührte beinahe die Zimmerdecke. Es war ein Ägypter in alter Tracht.

Er hatte ein so schönes Gesicht. Schwarze Augen mit einem samtenen Schleier, in denen ich versunken bin. Bronzener Teint, eine schmale,

167

aristokratische Nase und sinnliche Lippen. Kein Schnurrbart wie Howard, ganz glatte Haut. Er stand nur da, sah mich an und lächelte, und mein Herz tanzte Charleston.

Ich bin sicher: Es war dieselbe Stimme, die ich am Tag gehört hatte. Er sagte etwas in diesem fremden Dialekt, aber diesmal verstand ich ihn trotzdem.

»Du wirst bei mir sein, meine Morgenröte.«

Ich versuchte, mich zu bewegen, streckte die Arme nach ihm aus, da war er fort. Aber ich spürte die Berührung seiner Lippen auf der Stirn. Ich spüre sie immer, immer, auch jetzt.

Ich weiß nicht, was mit mir geschehen ist. Es ist kein einziger vernünftiger Gedanke mehr in meinem Kopf.

Ich habe noch nie jemanden so sehr küssen wollen wie diesen Mann.

o

Tagebuch Blythe Langdon, 6.11.1922

Zwölf Stufen sind freigelegt.

Howard, mein Vater und die anderen beobachteten unentwegt die Arbeiter, die eine Tür am Fuß der Stufen freigruben.

Schon als das obere Drittel ausgegraben war, sah ich: Sie ist unversehrt, ungeöffnet. Mehr noch, es ist ein Siegel zu erkennen. Ich kenne mich nicht so gut wie mein Vater mit Ägyptologie aus, aber mir ist klar:

Das ist eine Hieroglyphenkartusche, der Name eines Pharaos.

Dann kam es zu einem Vorfall.

Mein Vater streckte die Hand nach dem Siegel aus und wollte es berühren, als ein Arbeiter schreiend auf ihn losstürzte und ihn wegriss.

Callender packte den Mann und schüttelte ihn. Die anderen Archäologen eilten dazu. Aber weitere Arbeiter umringten sie. Ein Handgemenge entstand. Es sah sehr bedrohlich aus. Dann begann Carter, zu brüllen. Alles geriet außer Kontrolle. Ich hatte in diesem Moment große Angst um meinen Vater.

Ein Schuss fiel. Zuerst dachte ich, jemand sei getroffen, weil alle so schrien.

Aber dann sah ich Howard mit seinem Revolver, den er immer im Auto hat. Er hielt ihn über dem Kopf und hatte in die Luft gefeuert. Er war hochrot im Gesicht vor Zorn, seine Augen glühten. Man konnte sich vor ihm fürchten.

»Seid ihr verrückt geworden!«, schrie er die Arbeiter an. »Verschwindet!«

Die Ägypter zogen sich zurück. Ich konnte meinen Vater, Callender und Burton erkennen, dessen Kamera kaputtgegangen war.

Nach einer Weile kam einer der Ägypter auf uns zu. Es war ein alter Mann mit weißen Haaren und Bart. Er ging mit geneigtem Kopf und machte kleine Verbeugungen. Howard hatte den Revolver noch immer in der Hand. Er wirkte so wütend, dass ich dachte, er wolle den Arbeiter erschießen.

»Ehrwürdiger Herr!« Der Mann sah Howard nicht an. Er berührte sein Herz mit der Linken und verneigte sich ununterbrochen weiter. »Dieses Grab darf nicht geöffnet werden! Ich verstehe die Schrift auf dem Siegel. Bitte, hören Sie auf mich! Ich sage es noch einmal: Dieses Grab darf unter keinen Umständen geöffnet werden! Großes Unheil wird über uns kommen!«

Howard entspannte sich. Er ließ den Revolver sinken und atmete ein paar Mal tief durch. Ich sah den ironischen Zug um seinen Mund. Er tauschte Blicke mit meinem Vater.

»Natürlich«, sagte er. »Und deshalb schütten wir es wieder zu.«

Mein erster Gedanke war: Jetzt sind sie alle beide verrückt geworden.

»Die Tür zuschütten!«, brüllte Howard die Arbeiter auf Arabisch an, als sie nicht sofort reagierten.

Ich verstand es nicht. Warum sollte die Tür wieder zugeschüttet werden? Wollten sie denn nicht wissen, was sich dahinter verbarg?

Mein Vater stieg die Stufen herauf, nahm mich am Arm und zog mich mit sich zum Auto.

Howard setzte sich neben mich auf den Rücksitz. Er war mir so nah, aber die Reaktion meines Körpers blieb aus. Das Gesicht des Ägypters, der mich in meinen Träumen besucht, ging mir nicht aus dem Kopf.

»Ihr habt doch auch zuvor nichts um das Gerede der Arbeiter gegeben«, wandte ich mich an beide, um den peinlichen Moment zu überbrücken. »Warum also jetzt?«

»Verstehst du nicht, Blythe?« Unvermittelt war Howard zur vertraulichen Anrede übergegangen. Er lachte, als wenn ich ein dummes kleines Mädchen wäre. »Niemand soll die Nachricht verbreiten. Niemand darf uns zuvorkommen. Wir werden das Grab erst in Anwesenheit Lord Carnarvons eröffnen. Wir sind auf dem Weg, ihm zu telegrafieren. Bis dahin sollen die abergläubischen Tölpel denken, wir nehmen uns ihre Sorge zu Herzen.«

○

Tagebuch Blythe Langdon, 24.11.1922

Gestern ist Lord Carnarvon mit seiner Tochter Lady Evelyn in Luxor eingetroffen.

Ich empfand ihn als einschüchternd und beeindruckend, sehr aristokratisch, aber er hat nach einem Autounfall vor zwanzig Jahren einen schweren Sprachfehler. Man kann ihn nur schlecht verstehen, wodurch Gespräche mit ihm zur Geduldsprobe werden. Seine Tochter ist hochmütig, sie hielt es nicht einmal für nötig, mir die Hand zu reichen. Ich bin ja nur Langdons Tochter, ich bin nicht adlig, und sie ist sagenhafte fünf Jahre älter als ich. Ihre erste Amtshandlung war, Howard schöne Augen zu machen, und es schien ihm sehr zu gefallen.

Mein Vater warf mir auffordernde Blicke zu, aber Howards Verhalten ist mir so egal.

Wenn irgendjemand wüsste, dass ich seitdem jede Nacht Besuch von meinem Ägypter bekomme! Seine Hände streicheln mein Gesicht. Bevor er geht, küsst er mich auf die Stirn. Ich weiß, der Augenblick wird kommen, dass er meine Lippen küsst. Ich warte mit einer Sehnsucht darauf, die mir Furcht einflößt. Tag und Nacht kann ich nur noch daran denken. Diese ganzen Ausgrabungen sind mir so unwichtig geworden, ich bin körperlich anwesend, aber in Gedanken bin ich ganz woanders.

Heute haben die Arbeiter die Stufen wieder freigelegt. Es sind andere Arbeiter als die, die meinen Vater und die anderen Archäologen angegriffen haben. Die ursprüngliche Mannschaft hat sich geweigert, weiterzuarbeiten. Zum Glück sind die Leute hier arm, bei ausreichender Bezahlung findet man immer jemanden. Und Lord Carnarvon ist nicht knauserig. Wir haben das Königssiegel an der Tür betrachten können. Howard hatte recht. Es ist das Grab Tutanchamuns! Er war außer sich vor Freude und hat meinen Vater und Lord Carnarvon umarmt.

»Sehr bald wirst du bei mir sein, meine Morgen-röte!«, flüsterte mein Ägypter in diesem Moment in mein Ohr.

Seine dunkle Schönheit erfüllt mein Innerstes, lässt selbst die ägyptische Sonne blass erscheinen.

o

Tagebuch Blythe Langdon, 26.11.1922

Heute ist es geschehen.

Mein Vater, Howard, Lord Carnarvon und die anderen Grabungsteilnehmer haben die versiegelte Tür geöffnet und den Gang dahinter betreten. Alles war voller Schutt, und die Arbeiter waren so ängst-lich, dass selbst Howard mit seinem Revolver sie kaum dazu bewegen konnte, die Steine wegzuräu-men. Aber endlich war es so weit.

Und dann – die Grabkammer Tutanchamuns!

Zuerst die Vorkammer. Mein Vater schlug mit ei-ner Eisenstange ein Loch in die Tür, und wir beka-men alle einen fürchterlichen Schrecken. Es hat ge-zischt und gefaucht, als ob tausend Schlangen in der Kammer lauerten. Aber es war nur die aufgestaute Luft, die jahrtausendelang nicht aus dem Gewölbe hat entweichen können. Sie fühlte sich ganz heiß an, und sie roch nach Tod.

Howard leuchtete mit einer Kerze durch das Loch. Anfangs ging die Flamme immer wieder aus. Als würde sie jemand von drinnen auspusten. Der

Gedanke machte mir Angst. Aber dann fragte mein Vater: »Was siehst du, Howard?«, und er hat geantwortet: »Wunderbare Dinge!«

Er war den Tränen nah. Ich fand seine Rührseligkeit peinlich.

Howard gab die Anweisung, die Tür zu öffnen. Wir konnten alle die Vorkammer betreten, bis auf Callender, der zu dick war. Er tat mir leid, ich bin ein Stück hinter den anderen geblieben und habe ihm genau geschildert, was ich sah.

Mein erster Eindruck war der von Unordnung. Alles hineingestopft, über- und untereinander gestellt. Daran war nichts Prunkvolles – dachte ich. Ich begriff nicht, was Carter mit »wunderbare Dinge« gemeint hatte.

Aber dann leuchtete mein Vater mit einer elektrischen Lampe den ganzen Raum ab, und es glänzte und blitzte so, dass ich geblendet war. Überall Gold, Skulpturen und herrliche Tierfiguren! Und die riesigen Modelle der Nilbarken! Callender umklammerte schmerzhaft meinen Arm, während ich ihm alles berichtete, sicherlich werde ich morgen blaue Flecken dort haben.

Dann hat Howard etwas Wunderbares getan.

Er stand auf einmal neben mir und hielt die Hände hinter seinem Rücken verborgen.

»Das ist für mein Mädchen mit dem weichen Herzen«, sagte er. »Es ist dein Souvenir.«

Es verschlug mir den Atem. Was er mir hinhielt, war eine goldene Schlange. Der Körper in vier engen Windungen, der Kopf stolz aufgerichtet. Sie ist bemalt, und die schwarzen Augen schauen aus wie echt. Zum ersten Mal seit Tagen habe ich meinen Ägypter vergessen, ich bin Howard um den Hals gefallen und habe ihn auf die Wange geküsst. Lady Evelyn ist ganz bleich geworden, ich merkte: Sie ist vor Eifersucht beinahe geplatzt!

o

Tagebuch Blythe Langdon, 27.11.1922

Vergangene Nacht konnte ich nicht schlafen. Ich musste unentwegt die Schlange anschauen. Mir wurde bewusst, was für einen Schatz ich in Händen halte. Sie ist Jahrtausende alt! Der letzte Mensch, der sie vor Howard und mir berührt hat, ist längst zu Staub zerfallen. Ich versuche, mir vorzustellen, wie er ausgesehen hat. War es ein Diener? Ein Priester?

Warum hat sie im Grab gelegen? Welche Bedeutung hatte die Kobra für Pharao Tutanchamun? Ich liege unter dem Moskitonetz, fiebrig, zwischen Schlaf und Wachen, und träume, seine Frau habe sie ihm geschenkt, in der Hochzeitsnacht.

Im Schein der Kerze sieht sie so lebendig aus. Wenn das Licht flackert, habe ich das Gefühl, sie bewegt sich, dreht den Kopf, schaut mich an. Wenn ich sie streichle, fühlen sich die Schuppen echt an.

o

Tagebuch Blythe Langdon, 28.11.1922

Eine weitere Nacht ohne Schlaf. Alle meine Sinne sind überreizt. Nein, ich bilde es mir nicht nur ein.

Die Schlange ist lebendig. Sie spricht mit mir. Mit der Stimme meines Ägypters. Er nennt mich seine Morgenröte, er will, dass wir vereint sind.

Gott, wie ich darauf warte! Wie ich mich nach ihm sehne! Mein Herzschlag hämmert das Verlangen mit Flammenstößen durch meinen Körper. Ich kann es kaum noch aushalten.

Mein Vater fordert, dass ich bei der Bergung der Grabschätze dabei bin, aber ich will nicht aus dem Haus. Ich will bei meiner Schlange bleiben. Ich muss sie immer bei mir spüren.

Mein Vater erzählt mir endlose Geschichten, was im Grab geschieht und was sie alles gefunden haben. Ich höre gar nicht zu. Es war mir sogar gleichgültig, dass Howard mich heute Mittag besucht und mich teilnahmsvoll gefragt hat, ob es mir gut ginge. Wenn sie mich doch endlich alleinlassen würden, damit ich meine Schlange wieder an mein Herz legen kann!

o

Tagebuch Blythe Langdon, 30.11.1922

Warum regt sich mein Vater so auf? Was interessiert es ihn, ob ich schlafe? Ich brauche weder Schlaf noch Nahrung oder Wasser. Ich habe mich noch nie in meinem Leben so gut gefühlt. Mein Vater versteht das nicht. Er sagt, er mache sich Sorgen um mich. Weil er wegen der Bergung nicht bei mir sein kann, hat er eine ägyptische Matrone abgestellt, die bei mir Wache halten soll. Was er nicht weiß: Sie fürchtet sich zu Tode vor der Schlange. Das ist ausgezeichnet, denn sie hat sich in den entferntesten Raum des Hauses geflüchtet, und ich bin mit meinem Schatz allein.

Die Schlange verwandelt sich in meinen Ägypter. Er hat mir ein Ritual genannt. Heute Nacht werden all meine Sehnsüchte endlich Wirklichkeit. Ich halte es nicht mehr aus vor Verlangen nach seinem Kuss, nach seinem Körper.

○

Tagebuch Blythe Langdon, 1.12.1922
Ekstase!

Es war nichts weiter als ein Tropfen meines Blutes, mit dem ich im Licht des Mondes die Zunge der Schlange benetzt habe. Seit vergangener Nacht sind wir vereint! Ich habe nie geahnt, dass ich zu solchen Empfindungen imstande sein könnte, wie mein

Ägypter sie in mir geweckt hat. Meine Lustschreie hat er mit seinen Küssen erstickt.

Mein Vater ist überzeugt, dass ich an Nervenfieber erkrankt bin. Er bereitet alles für meine Heimreise vor. Howard war da, er ist so rührend besorgt. Ich sehe es in seinen Augen, ich fasziniere ihn mehr als je zuvor. Leider empfinde ich nicht mehr das Geringste für ihn.

Ich bin nun einem anderen vermählt.

o

Tagebuch Blythe Langdon, 24.12.1922

Zuhause. London ist eisig – ich friere mich zu Tode. Ich sitze den ganzen Tag in meinem Zimmer vor dem Kamin, eingehüllt in zahllose Decken. Mir war noch nie in meinem Leben so kalt.

Seit mein Ägypter bei mir ist, habe ich die weiße Sonne der Wüste in meinem Blut. Warum habe ich mich jemals an Schnee und Winter erfreut?

Die Schlange habe ich vor meiner Mutter versteckt. Howard hat es zum Glück keinem erzählt, dass er Sachen aus dem Grab für sich und seine Freunde genommen hat. Deshalb ist es einfach, meinen Schatz geheim zu halten. Niemand muss wissen, welch süßes Geheimnis er birgt.

Meine Mutter spricht unaufhörlich von einem bevorstehenden Fest und schmückt das Haus. Sie hat sogar Tannenzweige mit Glitzerfäden daran in mein

Zimmer gestellt, »damit du in die richtige Stimmung kommst«. Aber all das ist mir fremd.

Warum kann sie mich nicht in Ruhe lassen.

o

Tagebuch Blythe Langdon, 25.12.1922

In der Nacht hat es einen fürchterlichen Sturm gegeben. Hier ums Haus ist es still geblieben, aber in der Nachbarschaft sind die Dächer abgedeckt und Fensterscheiben zerbrochen. Der Schnee liegt meterhoch.

Alle reden davon, die Nachbarn sind da, und es ist eine unglaubliche Aufregung.

Meine Mutter wollte, dass ich mit nach draußen gehe und die Schäden an den anderen Häusern ansehe, aber ich würde mich zu Tode frieren. Und wozu auch? Mir ist gleichgültig zumute bei allem, was nicht *ihn* betrifft. Ich lebe nur für die Nächte, in denen er meinen Körper erweckt.

Ich trage jetzt seinen Ring, eine goldene Schlange mit Rubinaugen.

o

Tagebuch Blythe Langdon, 27.12.1922

Er macht mir Angst. Er hat furchtbare Dinge gesagt.

»Du bist mein Gefäß und wirst bald dein Leben für meine Unsterblichkeit opfern!«

Ich dachte zuerst an einen Scherz, aber dann begann das Entsetzliche. Wir waren nicht mehr in meinem Zimmer, sondern an einem dunklen Ort, der nicht auf dieser Welt ist. Und er sah nicht mehr aus wie ein Mensch. Er war wie … ein Dämon … nein, ich darf nicht daran denken. Sonst wecke ich ihn auf.

Das kann doch nur ein Albtraum gewesen sein? Ich habe es mir eingebildet! Es liegt am Nervenfieber. Meine Eltern haben recht, und ich habe meine Krankheit die ganze Zeit ignoriert, deshalb ist sie so schlimm geworden!

In London hat es in der Nacht ein schweres Erdbeben gegeben.

Meine Mutter war außer sich. Viele Gebäude sind zerstört worden. Erst der Sturm, und nun das Erdbeben – was bedeutet das? Die Angst kriecht mir wie Eis durch die Adern. Ich kann mit niemandem sprechen. Das Tagebuch ist meine letzte Zuflucht. In den Tagesstunden, wenn er seine Ruhephase hat, kann ich schreiben, ohne dass er etwas bemerkt.

o

Tagebuch Blythe Langdon, 30.12.1922

Alles wird gut werden! Ich bin so froh! Mein Vater hat telegrafiert: Er ist auf dem Weg nach Hause.

Nun bin ich bald in Sicherheit. Er wird mich retten und den Dämon vertreiben!

○

22.1.1923

Hugh Langdon fuhr sich mit der Hand über die Augen. Er konnte sich nicht erinnern, wann er das letzte Mal geschlafen hatte. Er nahm die Leselupe und legte sie mit zitternden Händen auf die Tontafel, als erwarte er, etwas anderes dort zu entdecken als bisher. Das Rattern des Zuges war im Einklang mit seinen hektischen Herzschlägen. Nicht mehr weit bis nach London. Kam er noch rechtzeitig?

Nach wie vor begriff er nicht, wieso ihm diese Tontafel erst so spät aufgefallen war. Nein, er hatte nicht die Brillanz des Alan Gardiner, aber er konnte Hieroglyphen lesen, und er war überzeugt, diese Tafel im Tal der Könige schon hundert Mal auf dem Tisch gehabt zu haben. Und doch hatte er die grauenhafte Aussage erst vor ein paar Tagen erkannt. Er hatte unverzüglich die Heimreise angetreten, aber selbst auf dem kürzesten Weg waren es drei Wochen von Luxor bis nach London.

Er versuchte, die trockenen Lippen mit der ebenso trockenen Zungenspitze zu befeuchten, während er das Unheil ansah.

Das Zeichen unter der Hieroglyphenkartusche Tutanch-amuns. Der Tierbauch mit Schwanz, darunter die beiden Quadrate. Und daneben ein Schlangensymbol.

Ein Göttername. Der Gott des Bösen. Sein Symbol: die Schlange. Sein Name stand für Auflösung, Finsternis und Chaos. Der Widersacher des Sonnengottes Re. *Apophis.*

Und Howard hatte Blythe die goldene Schlangenskulptur aus dem Grab geschenkt! Nichts von dem, was in London geschah, war ein Zufall!

Hugh kannte seine Tochter. Warum hatte er das nicht früher begriffen? Ja, sie war eine Sechzehnjährige, verträumt, schwärmerisch veranlagt. Sie hatte nicht die Reife einer Erwachsenen, aber sie war klug und hatte nie zu Hysterie geneigt. Nervenfieber passte so gar nicht zu ihr. Er hatte sich geirrt. Dahinter steckte etwas viel Schlimmeres. Hätte er sie bei sich in Luxor behalten, wäre es vielleicht nicht dazu gekommen.

Er sah die Gesichter der Arbeiter vor sich, die Panik in ihren Augen, als das Grab geöffnet wurde. Die ägyptische Kinderfrau, die auf Blythe aufpassen sollte und nach drei Tagen schluchzend um Kündigung gebeten hatte.

Vor seiner Abreise war es zum Streit mit Carter gekommen. Hugh hatte Howard geohrfeigt, weil sein bester Freund ihn ausgelacht hatte, als er ihn einweihte. Als abergläubischen Kindskopf hatte er ihn bezeichnet! Howard war schuld an allem. Wie hatte er diese Grabbeigabe verschenken können, ohne sie genauer zu betrachten!

Hugh hatte nicht gewagt, seiner Frau die Wahrheit zu sagen, aus Angst, sie könne versuchen, Blythe die Schlangenskulptur fortzunehmen.

Mit brennenden Augen las er noch einmal, was auf der Tontafel stand.

»Dank Tutanchamuns unendlicher Weisheit konnte der Schlangengott in Gold gebannt werden. Für alle Zeit soll er den Schlaf des Pharaos bewachen. Stört die Ruhe des Pharaos nicht! Die Schlange bringt Tod über die Welt.«

Hugh Langdon wickelte die Tontafel behutsam in ein Samttuch, bevor er sie in ihrem Karton verstaute. Dann lehnte er den Kopf erschöpft gegen die Lehne des Sitzes. Was würde ihn zuhause erwarten?

Drei Stunden später quälte sich das Cab durch die tief verschneiten Straßen Londons. An manchen Stellen blockierten eingestürzte Häuser den Weg. Vorboten der nahenden Katastrophe? Hugh Langdon starrte mit wild klopfendem Herzen durch die beschlagene Fensterscheibe.

Endlich sah er die Mauern seines Hauses vor sich auftauchen. In der Dämmerung leuchtete das Licht behaglich aus den Fenstern. Aber dass der Frieden täuschte, erkannte er in dem Moment, als sich die Haustür öffnete.

Seine Frau kam ihm entgegen, die Hände vor den Mund gepresst. Ihre Augen glänzten vor Panik.

»Etwas Furchtbares ist mit Blythe geschehen«, flüsterte sie. »Es ist so ... als wäre jemand bei ihr. Sie sind in den Keller gegangen!«

Hugh rannte die Treppe hinunter und fand die Tür zur Waschküche verschlossen. Er trommelte mit den Fäusten dagegen, bis er von drinnen eine schwache Regung vernahm.

»Blythe, mach auf!«, brüllte er. »Mach die Tür auf! Bitte!«

Die Stimme eines Mannes antwortete auf Altägyptisch.

»Es ist zu spät.« Ein sanfter Tonfall mit einem nicht menschlichen Beiklang.

Er war es.

Entsetzen schüttelte Hugh.

Hugh Langdon verfügte nicht über große körperliche Stärke, aber die Angst um seine Tochter verlieh ihm Kraft. Er fand einen Schürhaken und hebelte ihn zwischen Tür und Falz. Ein widerliches Knirschen ertönte, als ob Knochen gebrochen würden.

Seine Muskeln drohten, zu versagen, als die Tür endlich nachgab.

Seine Tochter stand schweigend in der ansonsten leeren Waschküche, eine Kerze in der Hand, die goldene Schlange an ihr Herz gepresst. Ihr leerer Blick verriet, dass sie weit fort war.

Hugh rannte zu ihr und berührte ihre eiskalten Hände.

»Gib mir die Skulptur«, bat er leise. »Bitte, ich kann dich retten.«

»Es ist zu spät«, wiederholte die Stimme Apophis' aus dem Mund seiner Tochter.

Wut pulsierte wie Wüstenhitze durch Hughs Adern.

Er sprang auf Blythe zu und entwand ihr die Skulptur.

Seine Tochter riss die Augen auf, sah ihn eine Sekunde lang bewusst an – und zerfiel dann zu Staub. Hugh schrie und schrie.

Die Schlange glitt ihm aus der Hand, den schwarzen Blick auf ihn gerichtet.

Die Kerze fiel zu Boden und erlosch. Es wurde stockdunkel. Ein heftiger Luftzug fegte durch den Raum.

Ein goldener Schimmer flammte auf, wurde heller.

Hugh wich an die Wand zurück, von Schluchzen geschüttelt. Vor ihm richtete sich eine Uräusschlange auf, über zwei Meter groß. Das imponierende Nackenschild war gespreizt. Die Schlange züngelte.

»Die Morgenröte ist nah«, sagte die Stimme des Gottes. Sie klang lockend. »Die alten Götter sind alle fort. Ich bin noch da.«

Tränen flossen in Sturzbächen über Hughs Gesicht. Sie nahmen ihm die Sicht. Er wischte sie zornig fort und zog die Tontafel hervor, die er unter seinem Jackett verborgen hatte.

»Du wurdest einmal gebannt«, murmelte er, »und nun banne ich dich wieder.«

Er richtete die Tafel auf die Schlange. Ein Goldschimmer fiel darauf, wurde von der Namenskartusche des Pharaos zurückgeworfen. Schrilles Kreischen ertönte. Hughs Trommelfelle platzten, Blut rann aus seinen Ohren, während der riesige Schlangenleib von Gold übergossen wurde und langsam erstarrte.

Das Bild brannte sich auf Hughs Netzhaut ein. Er würde gleich seinem Leben ein Ende setzen, doch noch gab es etwas für ihn zu tun.

o

26.11.2022

»Aber das ist ein Spukhaus, Dad!« Sophie quengelte schon den ganzen Tag. »Ich will da nicht wohnen!«

Robert Harris nahm seine siebenjährige Tochter in die Arme.

»Liebes, das ist alles nur dummes Gerede«, beruhigte er sie. »Du weißt doch: Es gibt keine Spukhäuser.«

»Aber hier hat sich jemand umgebracht«, beharrte Sophie. Robert fragte sich, wo zum Teufel sie das gehört hatte. »Er war auch Archäologe, so wie du, und er hat an einer ganz berühmten Ausgrabung teilgenommen! Und es hat einen Fluch gegeben, der ihn und seine Familie getötet hat!«

»Einiges davon stimmt«, antwortete Robert geduldig. »Der Mann hieß Hugh Langdon und hat zusammen mit Howard Carter das Grab von Tutanchamun im Tal der Könige entdeckt. Das ist auf den Tag genau hundert Jahre her. Aber das ist das einzig Wahre an der ganzen Geschichte. Den Fluch hat es nie gegeben. So was schreiben die Leute, weil das alte Ägypten so mysteriös ist und man manches nicht richtig erklären kann. Wenn wir etwas nicht verstehen, dann ist ganz schnell Magie im Spiel. Lass dich nicht verunsichern. Benutze deinen Verstand. Bist du nicht die Tochter eines Wissenschaftlers ...«

»Eines berühmten Wissenschaftlers«, ergänzte Sophie ernsthaft.

Robert grinste. Er hatte ihr Lieblingsthema gegen sie ausgespielt.

»... und wirst du nicht selbst viel berühmter werden als dein Dad und alle altägyptischen Geheimnisse entschlüsseln?«

Er kitzelte sie am Bauch.

Sophie lachte schon wieder ein bisschen.

»Ja, das werde ich«, antwortete sie. »Na gut, dann geh ich rein.«

Robert sah ihr nach, wie sie mit wehenden Zöpfen durch die Eingangstür lief, und wandte sich wieder dem Umzugswagen zu. Er hatte das Haus in den vergangenen drei Monaten renoviert und fand es wunderschön. Dass es dem großen Hugh Langdon gehört hatte, machte es noch schöner. Diese albernen Gruselgeschichten, das Gerede vom Fluch des Pharaos – dass die Leute selbst in diesen Zeiten immer noch so abergläubisch waren!

Langdon hatte sich das Leben genommen, nachdem er in Wahnvorstellungen verfallen war. Der wahrscheinlichste Grund war sein von Zeugen belegter Zwist mit Howard Carter ein paar Wochen nach der Entdeckung des Pharaonengrabes. So merkwürdig es anmuten mochte, aber es geschah häufiger, dass enge Freundschaften durch Erfolg zerstört wurden. Langdon hatte offensichtlich den Ruhm nicht verkraftet. Das Verschwinden von seiner Tochter Blythe und die Geisteskrankheit seiner Frau waren nichts weiter als Konsequenzen des Selbstmords.

Plötzlich hörte er Sophie rufen. Sie klang aufgeregt. Ihre Stimme kam aus dem Keller.

Warum finden Kinder immer als Erstes die Schwachstelle an Dingen, dachte er amüsiert. *Den Bruchpunkt am Spielzeug, den Riss im Couchbezug und den einzigen nicht renovierten Raum in einem großen Haus.*

»Komm wieder rauf, Sophie«, rief er und machte sich auf den Weg zu ihr. »Der Keller ist noch nicht fertig.«

Er fragte sich, wie es möglich war, dass er die Tür abzuschließen vergessen hatte.

Er ging die dunkle Treppe hinunter. Von der Decke brannte eine uralte Glühbirne. Der Keller war in einem miserablen Zustand, er brauchte dringend gute Ausleuchtung und jede Menge Farbe an den Wänden.

Das Haus war nach den Langdons mehrfach bewohnt gewesen, aber im Keller herrschten offenbar noch dieselben Verhältnisse wie in 1922.

Sophie stand vor einer Mauer. Robert wunderte sich, dass ihm die Backsteinwand nicht vorher aufgefallen war, sie wirkte so, als ob sie erst nach dem Bau des Hauses eingezogen worden wäre. Sophie presste das Ohr gegen die Ziegel.

»Dahinter ist was!«, rief sie hektisch. »Ich höre eine Stimme!«

Robert fiel das ungeklärte Verschwinden von Langdons Tochter ein, und er bekam unwillkürlich eine Gänsehaut.

Sei nicht albern, schalt er sich selbst.

»Da ist nichts, Sophie«, sagte er und versuchte, seine Tochter fortzuziehen.

Sophie hatte einen roten Kopf.

»Doch! Doch! Doch!«, beharrte sie und stampfte auf den Boden.

Er kapitulierte und legte das Ohr an die Wand.

Sie hatte recht. Er hörte etwas. Was war das, um alles in der Welt?

»Hier ist ein Spalt!«, schrie Sophie. Sie hatte auf einmal einen Schürhaken in der Hand, Robert fragte sich, wo sie den gefunden haben mochte. »Wir müssen das aufmachen!«

Die Steine lösten sich bei der ersten Berührung mit dem Werkzeug wie von selbst und fielen dumpf zu Boden.

Robert, angesteckt von Sophies Anspannung, half seiner Tochter. Gemeinsam legten sie eine Tür frei.

Robert sah die Tontafel und erkannte das Siegel Tutanchamuns.

Seine Schläfen hämmerten im Takt seines Pulses.

Was mochte Langdon hier verborgen haben? Hinter diesem Siegel? Robert hatte plötzlich eine Vision von goldenen Schätzen. Genauso wie er jetzt mussten sich damals Hugh Langdon und Howard Carter vor dem Öffnen der Grabkammer gefühlt haben.

Er riss heftig an der Türklinke. Erst blockierte sie, dann brach das Siegel auf.

Zischend entwich glühend heiße Luft aus dem Raum. Sie roch nach Tod.

Die Glühbirne auf der Treppe flackerte und erlosch.

Robert hörte Sophie neben sich aufschreien. Es war vollkommen dunkel.

Nach einem Moment nahm er einen hellen Schemen wahr. Etwas dort drinnen reflektierte Licht.

Mitten im Raum lag eine goldene Schlange.

Robert hob sie auf. Auf ihrem Rücken waren Hieroglyphen eingraviert, er entzifferte sie mühelos.

Meine Herrschaft beginnt jetzt.

Ein paar Sätze zum Schluss

Sie können jetzt die Taschenlampe wieder ausschalten, Sie sind wohlbehalten zurück in der Realität!

Oder vielleicht doch nicht?

Denn auch die Autorin kann nicht mit letztendgültiger Gewissheit sagen, ob die Lektüre Spuren hinterlassen, ob sich nicht möglicherweise eine der mysteriösen Welten in Ihrem Kopf festgesetzt hat und nur darauf wartet, Sie bei einer günstigen Gelegenheit erneut in ihre Gefilde zu locken …

Wie dem auch sei – ich freue mich auf jeden Fall, dass Sie bis hierher vorgedrungen sind und hoffe, Sie haben eine kurzweilige Lesezeit in meinen düsteren Welten verbracht.

Wenn Sie Näheres über meine Bücher, meine Kurzgeschichten oder über mich erfahren möchten, besuchen Sie mich doch auf meiner Homepage: www.hoehl-kayser.de und auf Facebook: www.facebook.com/HoehlKayser/

Schreiben Sie mir gern auch eine Rezension auf den gängigen Online-Portalen oder empfehlen Sie das Buch weiter, wenn es Ihnen zugesagt hat, denn sonst bleibt es unsichtbar in den unendlichen Weiten des Bücheruniversums.

Vielen Dank!

Ihre Anke Höhl-Kayser

Danksagung

Ich bedanke mich bei den Herausgebern, bei denen die Geschichten zuerst erschienen sind, für ihre freundliche Kooperation:

Allen voran bei Thomas Vaterrodt vom Marburger Verein für Phantastik, der den Marburg-Award betreut, dann bei Anke und Wolfgang Brandt vom Geisterspiegel-Magazin und last, but not least bei Bernd Walter, dem Chef der FRX.

Es ist mir stets eine Freude und eine Ehre, mit euch zusammenzuarbeiten und an euren tollen Wettbewerben teilzunehmen!

Weiterer Dank geht an meine geschätzten Autorenkolleginnen Birgit Otten, Carolin Heidtmann, Sophie Fawn, Paula Roose, Ardy K. Myrne und Alizée Korte für den hilfreichen Blick auf den Klappentext und an Coverdesigner Tom Jay für seine großartige Umsetzung meiner Ideen!

Und zum Schluss danke ich meinem Mann Udo für seine Unterstützung – nicht nur bei diesem, sondern bei allen meinen Projekten.

Weitere Bücher von Anke Höhl-Kayser:

Spy Parents – Geheimagenten in Wuppertal
zusammen mit Monika Kubach
Jugendkrimi
BoD (März 2018)
ISBN: 978-3746078052
Print: 9,90€ / E-Book: 2,99€

Eine Fee namens Johnny
Jugend-Fantasyroman,
Verlag p.machinery (November 2017)
ISBN: 978-3957651143
Print: 10,90€ / E-Book: 5,49€

Das Geheimnis der Sternentränen
Science-Fiction
Bookspot-Verlag (Januar 2017)
ISBN: 978-3956690730
Print: 12,95€ / E-Book: 4,99€

Mondlicht in deinen Augen
Paranormal Romance
Verlag Bookshouse (März 2016)
ISBN: 978-9963533077
Print: 12,99€ / E-Book: 2,99€

Der Zeitwandler – Restart
historischer Jugend-Fantasyroman
Verlag Bookshouse (November 2015)
ISBN: 978-9963531684
Print: 13,99€ / E-Book: 2,99€

Magische Novembertage –
Ein märchenhafter Aufstand auf Sylt
Jugend-Fantasyroman
Verlag p.machinery (Februar 2015)
ISBN: 978-3957650245
Print: 7,90€ / E-Book: 3,99€

Die Schatten von Sev-Janar
All Age-Fantasy-Roman
Verlag p.machinery (Januar 2014)
ISBN: 978-3942533959
Print: 8,90€ / E-Book: 4,49€

Irgendwas mit Wuppertal
zusammen mit Torsten Buchheit und Annette
Hillringhaus
BoD (Januar 2013)
ISBN: 978-3848259830
Print: 9,90€ / E-Book: 4,99€

Ronar
All-Age-Fantasyroman
BoD (Juli 2009)
ISBN: 978-3837052602
Print: 16,80€ / E-Book: 2,99€

Ronar - Zwei Welten
All-Age-Fantasyroman
BoD (Oktober 2010)
ISBN: 978-3842326293
Print: 18,80€ / E-Book: 2,99€

Ronar - Drei Ähren
All-Age-Fantasyroman
BoD (September 2012)
ISBN: 978-3848220236
Print: 18,50€ / E-Book: 2,99€

Stille wird hörbar wie ein Flüstern
Gedichte
mit Bildern von Noëlle-Magali Wörheide
BoD (Dezember 2009)
ISBN: 978-3839155035
Print (gebunden): 19,90€ / E-Book: 2,99€